馬華文學批評大系：張錦忠

Malaysian Chinese Literary Criticism : Tee Kim Tong

張錦忠著

by Tee Kim Tong

元智大學中語系  二〇一九年二月

Department of Chinese Linguistics & Literature,
Yuan Ze University, Taiwan.

馬華文學批評大系：張錦忠

主　　編：鍾怡雯、陳大為

本卷作者：張錦忠

編校小組：江劍聰、王碧華、莊國民、劉翌如、謝雯心

出版單位：元智大學中國語文學系

　　　　　桃園市中壢區遠東路 135 號

電　　話：03-4638800 轉 2706, 2707

網　　址：http://yzcl.tw

版　　次：2019 年 02 月初版

訂　　價：新台幣 300 元

Malaysian Chinese Literary Criticism : Tee Kim Tong

Editors : Choong Yee Voon & Chan Tah Wei

Author : Tee Kim Tong

©2019 Dept. of Chinese Linguistics & Literature, Yuan Ze University, Taiwan.

國家圖書館出版品預行編目（CIP）資料

馬華文學批評大系：張錦忠 / 張錦忠著；
鍾怡雯, 陳大為主編. -- 初版. --
桃園市：元智大學中文系, 2019.02　　面；　　公分

ISBN 978-986-6594-40-3(平裝)
1.海外華文文學　2.文學評論

850.92　　　　　　　　　　　　108001107

總序：殿堂

翻開方修（1922-2010）在一九七二年出版的《新馬華文文學大系（1919-1942）・理論批評》，當可讀到一個「混沌初開」、充滿活力和焦慮、社論味道十足的大評論時代。作為一個國家的馬來亞尚未誕生，在此居住的無國籍華人為了「建設南國的文藝」，為了「南國文藝底方向」，以及「南洋文藝特徵之商榷」，眾多身分不可考的文人在各大報章上抒發高見，雖然多半是「赤道上的吶喊」，但也顯示了「文藝批評在南洋社會的需求」。[1]

這些「文學社論」的作者很有意思，他們真的把寫作視為經國之大業、不朽之盛事，披荊斬棘，開天闢地，為南國文藝奮戰。撰

---

[1] 本段括弧內的文字，依序為孫藝文、陳則矯、悠悠、如焚、拓哥、（陳）鍊青的評論文章篇名，發表於一九二五～三〇年間，皆收錄於方修《新馬華文文學大系（1919-1942）・理論批評》一書。此書所錄最早的一篇有關文學的評論，刊於一九二二年，故其真實的時間跨度為二十一年。

寫文學社論似乎成了文人與文化人的天職。據此看來，在那個相對
單純的年代，文學閱讀和評論是崇高的，在有限的報章資訊流量中，
文學佔有美好的比例。

　　年屆五十的方修，按照他對新馬華文文學史的架構，編排了這
二十一年的新馬文學評論，總計 1,104 頁，以概念性的通論和議題討
論的文學社論為主，透過眾人之筆，清晰的呈現了文藝思潮之興替，
也保存了很多珍貴的文獻。方修花了極大的力氣來保存一個自己幾
乎徹底錯過的時代[2]，也因此建立了完全屬於他的馬華文學版圖。沒
有方修大系，馬華文學批評史恐怕得斷頭。

　　苗秀（1920-1980）編選的《新馬華文文學大系（1945-1965）・理
論》比方修早一年登場，選文跳過因日軍佔領而空白的兩年（1943-
1944），從戰後開始編選，採單元化分輯。很巧合的，跟第一套大系
同樣二十一年，單卷，669 頁。兩者最大的差異有二：方修大系面對
草創期的新馬文壇氣候未成，幾無大家或大作可評，故多屬綜論與
高談；苗秀編大系時，中堅世代漸成氣候，亦有新人崛起，可評析
的文集較前期多了些。其次，撰寫評論的作家也增加了，雖說是土
法煉鐵，卻交出不少長篇幅的作家或作品專論。作家很快成為一九
五〇、六〇年代馬華文學評論的主力，文學社論也逐步轉型為較正
式的文學評論。

　　二〇〇四年，謝川成（1958-）主編的第三套大系《馬華文學大

---

[2] 方修生於廣東潮安縣，一九三八年南來巴生港工作。一九四一年，十九歲的
方修進報社擔任見習記者，那是他對文字工作的初體驗。

系・評論（1965-1996）》（單卷，491 頁）面世，實際收錄二十四年的評論[3]，見證了「作家評論」到「學者論文」的過渡。這段時間還算得上文學評論的高峰期，各世代作家都有撰寫評論的能力，在方法學上略有提升，也出現少數由學者撰寫的學術論文。作家評論跟學者論文彼消此長的趨勢，隱藏其中。此一趨勢反映在比謝氏大系同年登場（略早幾個月出版）的另一部評論選集《馬華文學讀本 II：赤道回聲》（單卷，677 頁），此書由陳大為（1969-）、鍾怡雯（1969-）、胡金倫（1971-）合編，時間跨度十四年（1990-2003），以學術論文為主[4]，正式宣告馬華文學進入學術論述的年代，同時也體現了國外學者的參與。赤道形聲迴盪之處，其實是一座初步成形的馬華文學評論殿堂。

　　一九九〇年代後期是個轉捩點，幾個從事現代文學研究的博士生陸續畢業，以新銳學者身分投入原本乏人問津的馬華文學研究，為初試啼音的幾場超大型馬華文學國際會議添加火力，也讓馬華文學評論得以擺脫大陸學界那種降低門檻的友情評論；其次，大馬本地中文系學生開始關注馬華文學評論，再加上撰寫畢業論文的參考需求，他們希望讀到更為嚴謹的學術論文。這本內容很硬的《赤道回聲》不到兩年便銷售一空。新銳學者和年輕學子這兩股新興力量的注入，對馬華文學研究的「殿堂化」產生推波助瀾的作用。

　　這四部內文合計 2,941 頁的選集，可視為二十世紀馬華文學評論

---

[3] 此書最早收入的一篇刊於一九七三年，完全沒有收入一九六〇年代的評論。

[4] 全書收錄三十六篇論文（其中七篇為國外學者所撰），三篇文學現象概述。

的成果大展，或者成長史。

　　殿堂化意味著評論界的質變，實乃兩刃之劍。

　　自二十一世紀以來，撰寫評論的馬華作家不斷減少，最後只剩張光達（1965-）一人獨撐，其實他的評論早已學術化，根本就是一位在野的學者，其論文理當歸屬於學術殿堂。馬華作家在文學評論上的退場，無形中削弱了馬華文壇的活力，那不是《蕉風》等一兩本文學雜誌社可以力挽狂瀾的。最近幾年的馬華文壇風平浪靜，國內外有關馬華文學的學術論文產值穩定攀升，馬華文學研究的小殿堂於焉成形，令人亦喜亦憂。

　　這套《馬華文學批評大系》是為了紀念馬華文學百年而編，最初完成的預選篇目是沿用《赤道回聲》的架構，分成四大冊。後來發現大部分的論文集中在少數學者身上，馬華文學評論已成為一張殿堂裡的圓桌，或許，「一人獨立成卷」的編選形式，更能突顯殿堂化的趨勢。其次，名之為「文學批評大系」，也在強調它在方法學、理論應用、批評視野上的進階，有別於前三套大系。

　　這套大系以長篇學術論文為主，短篇評論為輔，從陳鵬翔（1942-）在一九八九年發表的〈寫實兼寫意〉開始選起，迄今三十年。最終編成十一卷，內文總計 2,666 頁，跟前四部選集的總量相去不遠。這次收錄進來的長論主要出自個人論文集、學術期刊、國際會議，短評則選自文學雜誌、副刊、電子媒體。原則上，所有入選的論文皆保留原初刊載的格式，除非作者主動表示要修訂格式，或增訂內容。總計有三分之一的論文經過作者重新增訂，不管之前曾否結集。這套大系收錄之論文，乃最完善的版本。

　　以個人的論文單獨成卷，看起來像叢書，但叢書的內容由作者自定，此大系畢竟是一套實質上的選集，從選人到選文，都努力兼顧到其評論的文類[5]、議題、方向、層面，盡可能涵蓋所有重要的議題和作家，經由主編預選，再跟作者商議後，敲定篇目。從選稿到完成校對，歷時三個月。受限於經費，以及單人成冊的篇幅門檻，遺珠難免。最後，要特別感謝馬來西亞畫家莊嘉強，為這套書設計了十一個充滿大馬風情的封面。

鍾怡雯

2019.01.05

---

[5]　小說和新詩比較可以滿足預期的目標，散文的評論太少，有些出色的評論出自國外學者之手，收不進來，最終編選的結果差強人意。

編輯體例

[1] 時間跨度：從 1989.01.01 到 2018.12.31，共三十年。

[2] 選稿原則：每卷收錄長篇學術論文至少六篇，外加短篇評論（含篇幅較長的序文、導讀），總計不超過十二篇，頁數達預設出版標準。

[3] 作者身分：馬來西亞出生，現為大馬籍，或歸化其他國籍。

[4] 論文排序：長論在前，短評在後。再依發表年分，或作者的構想來編排。

[5] 論文格式：保留原發表格式，不加以統一。

[6] 論文出處：採用簡式年分和完整刊載資訊兩款，或依作者的需求另行處理。

[7] 文字校正：以台灣教育部頒發的正體字為準，但有極少數幾個字用俗體字。地方名稱的中譯，以作者的使用習慣為依據。

目 錄

離境，或，重寫馬華文學史
——從馬華文學到新興華文文學

　　過去二十多年來，我所關注的馬華文學論述議題大體上可以分為下列幾個範圍——（一）馬華文學的定義／疑義、地位／困境、與身分／文化屬性：這是我在台灣反思「南洋論述」的起點；（二）重寫馬華文學史：拙著《南洋論述：馬華文學與文化屬性》（麥田出版，2003）中的〈中國影響論與馬華文學〉以下四篇當屬此論域；（三）星馬現代主義華文文學與陳瑞獻等「六八世代」：這個議題在我的英文博士論文《文學影響與文學複系統的興起》（"Literary Interference and the Emergence of a Literary Polysystem"）第四章中已討論得相當詳細（Tee Kim Tong 1997），《南洋論述》（張錦忠 2003）一書中另有兩篇論文論及陳瑞獻，一篇在博士論文完成前寫就，可謂博論的暖身試筆，另一篇是畢業之後的文稿，可視為博論的延伸論述；（四）離散詩學與新興華文文學：這是我二〇〇〇年以來的

研究核心框架，已編有離散論述論文集多種，並舉辦了多場相關主題的學術研討會。近年來我的研究興趣漸漸轉移到地輿詩學與空間論述，並以之與馬華文學聯結。而我的「新興華文文學」論述則延伸至晚近史書美與王德威所倡導的華語語系研究（Sinophone studies）。

　　我的馬華文學研究計畫或其論證脈絡（polemic context），黃錦樹的長文〈反思「南洋論述」：華馬文學、複系統與人類學視域〉經已述及，我自己在〈文學批評因緣，或往事追憶錄〉中也略有交代，這裏不贅。一九八八年，中國作家許傑回憶、他於一九三八、二九年間南下吉隆坡推動新興文學的經過，寫了〈我曾經參加馬華文化宣傳工作〉一文。我在馬來西亞也曾參加馬華文學筆耕與編輯工作多年，試寫過詩、小說等文類，也寫了不少文學批評，還中譯了一些英文及馬來文詩文，但是並沒有從文學史或文學建制的角度思考過馬華文學的總體問題。第一次比較接近宏觀的反思，則是離開馬來西亞三年之後，在一九八四年寫的隨筆〈華裔馬來西亞文學〉。那是應當時《蕉風月刊》的編輯梅淑貞之邀而寫的應景之作。該文旨在指出在那樣的時代，馬華文學與《蕉風月刊》還有甚麼可為之處，期許性質多於描述。若干年後，我在台灣讀到慘綠年華的同鄉黃錦樹的〈「馬華文學」全稱芻議：馬來西亞華人文學與華文文學初探〉一文，覺得頗有同感，因為「華馬文學」一詞正是我那篇短文提到而未加以發揮的說法。我很高興黃錦樹從更具顛覆性的思考角度與視域提出「馬華文學」的疑義。過去馬華文學論述少而論戰多，往往重複前人舊調多過於開發新見解，而陳腔濫調的結果，造成理

論的累積極少，甚至沒有理論可言。黃錦樹能獨排眾議，提出異見，可謂功德無量。

如前所述，我寫那篇短文時，人在台北，遠離家園。似乎離開一個熟悉的地方之後，時間與空間的疏離，有助於產生某種美學距離，進而調整觀點。自從一九八一年二月我從吉隆坡梳邦機場離境之後，二十年來，出境入境馬來西亞與台灣的次數，早已算不清楚了，護照一本換過一本，最後連身分證也換了。離境之後，意味著種種調整的開始：時差、心態、生活、身分、護照、家庭、觀念、視野、認同、語言、腔調、品味……。

「離境」其實可以作為馬華文學的核心象徵，[1]更是從馬華文學到新興華文文學的寫照。中國文學不離境，便沒有馬華文學的出現。邱菽園不離境，新加坡古體詩便少了一千多首佳作。郁達夫、胡愈之不離境，沒有海外文集，就只是現代中國作家：離境之後，才產生一批難以歸類的作品。值得注意的是，離境不是個靜止、固著的現象：相反的，離境是不斷的流動。當年馬華文學的兩位重要推手，詩人白垚與楊際光（貝娜苔）先後從中國到香港，然後定居星馬多年，卻於盛年再移居美國。李有成在馬來亞出生，當年執編《蕉風月刊》與《學生周報》，和文友組犀牛出版社，出版詩集《鳥及其他》，但是赴台灣深造之後，和林綠、陳慧樺一樣成為離散馬華詩人的案例。婆羅洲出身的小說家李永平和張貴興赴台之後，從「僑

---

[1] 加拿大作家艾特蕪（Margaret Atwood）曾指出，每一民族或文化皆有其核心代表象徵，例如美國的象徵是「疆界」、英國的象徵為「島嶼」、加拿大則是「存活」（survival/la survivance）。詳 Atwood, pp. 31-32。

生」變成居留台灣，變成了台灣熱帶文學作家。林綠與李永平跟許多留台生一樣，大學畢業之後赴美深造，可是他們取得學位之後並沒有回到馬來西亞，而是再返回台灣。馬華文學就是這樣不斷離境、歸返與流動的現象，一九七〇年代以後更是如此。

　　不過，以「離境」為馬華文學的核心象徵，箇中不無弔詭與辛酸之處。艾特薇所謂的象徵，原指某套促進國家團結、反映人民為共同理念攜手合作的信仰系統（Atwood 31），而以「離境」為馬華文學的象徵，其符義剛好相反，部分反映了被邊緣化的人民不得不然的離心選擇。其實，選擇離境之後，還是一樣要面對身分／認同／屬性的疑義與問題。

一、馬華文學的定義／疑義、地位／困境、與身分／文化屬性

　　書寫馬華文學史的人往往斷定馬華文學發生於中國新文學運動的同時，或稍晚，其實這樣考證的主要意義，僅在於史料蒐集的詳盡，而無法描繪馬華文學系譜及其在不同文學複系統中的地位與處境。星馬華人移民社會早在十九世紀中葉便已形成，而華文報章及華文學校的出現，提供了資訊流通與文化生產的管道，並有助於強化社會的穩定。但是，彼時新加坡華文報章副刊的作者以白話文試寫文藝作品，響應的是中國的新文學與新文化運動，對當時以文社與副刊為活動場域的說部詩詞舊體文學系統，以及以峇峇馬來文譯寫古典中國說部的翻譯文學系統，到底產生多少干預作用，實在有待重新評述。事實上，十九世紀以來，在星馬華人文學複系統內運

動操作的文學系統，至少可分為舊體華文文學系統、白話華文新文學系統、英文文學系統、馬來文學系統、以及翻譯文學系統。過去馬華文學史家筆下的「馬華文學」，往往有意無意地顧此失彼，或受限於「中國影響論」，獨尊白話華文新文學系統，而無視於其他華人文學系統的存在。以易文─左哈爾（Itamar Even-Zohar）的複系統理論（polysystem theory）檢視馬華文學，儘管不能如黃錦樹所說，書寫「一部完整、兼顧多元系統（系統的多重關係）的《華馬文學史》」（黃錦樹 2003：17），卻能比較不偏狹地描述系統之間的結構關係及階層狀態，頗有助於重寫馬華文學史。

華裔馬來（西）亞作家的華文文學表現，隨著馬來亞在一九五七年獨立，順理成章地聚集為一套比較容易歸類的文庫或文化類編（repertoire），[2] 而成為兼具「馬」「華」雙重意識與屬性的馬華文學暨馬來西亞文學。獨立前在馬來亞與新加坡發生的文學現象與成品，也就成為了「戰前馬華文學」。不過，依我比較慣常的思考模式，則是視戰前馬華文學為「殖民地時期華文文學」，一如美國殖民地時期的英文書寫。在英國殖民時期，海峽殖民地之外，馬來半島各邦蘇丹拉惹各自為主，只有馬來聯邦、馬來屬邦、或英屬馬來

---

[2] 文學或文學史的命運有時和國家的命運的關係密切，由此可見。命運其實也是命名問題，不過文學或文學史的命名可能要比想像中複雜多，譬如「新華文學」或「星華文學」當然可以從「新加坡共和國」這個國家的誕生那一年算起，可是我在論述馬華現代主義、陳瑞獻和六八世代詩群時就無法這樣論斷，而得回到實際文學活動場域中去描述。黃錦樹後來乾脆將一九五七年以後的馬華文學名之為「有國籍的華文文學」。

亞等稱謂，並沒有中央政府或國家存在。在海峽殖民地或馬來聯邦發生的華文文學事實，過去常用「南洋文藝」及「馬來亞文藝」來統稱；然而細究之下，這樣的指稱其實不無疑義。殖民地時期馬華文學的作者身分歧異：有些人是落腳南洋多年的中國作家文人，身分已變成海外僑民；有些中國作家則是過客，只在星馬住了幾年或幾個月就回國了；有些人生於斯長於斯，其中有的後來回歸祖國，有的回到中國求學後再返回南洋。不管身分為何，在那個殖民主義當道的年代，他們都是中國在海外的僑民及英國殖民政府統治下的馬來亞居民，都是戰前馬華作家兼居外或移外中國作家，難免具有雙重意識。

　　雙重意識是南洋華人一開始就無法避免的現象。身為華人而具有濃烈中華民族主義意識，原是天經地義的事。但是，中華民族主義的活動場域在中國，不在南洋。殖民地政府自然不允許華人在星馬公然宣揚中華民族主義；而儘管成員以華人居多，馬共也不願意被視為華人組織。宣揚民族主義，彰顯中華屬性（Chineseness）或傳播和中國相關的資訊只能在華文報刊、鄉親會館、商會、以及華文學校進行。跨出這些華人公共域界（public sphere），則是英文、馬來文、淡米爾文或其他原住民語言的活動域界。事實上，南洋華人的公共域界，除了華文報刊、鄉親會館、商會與華文學校之外，就是菜市場與咖啡店或茶餐室。許多早期華人一輩子的活動空間，都限於這些類似華埠隔堵（ghetto）的域界。換句話說，這個域界，看似公共，但由於其民族（中華屬性）與民族語言（華語與閩粵等方言）色彩，其實是相當私密（private）的場所，稱之為「族群次公共

域界」或「語言群次公共域界」可能更貼切。而在這個次公共域界之外，則是更大的（英語／統治者語言當道的）公共域界。華人在南洋環境謀生，難免要和當地統治者及當地語言發生關係，也難免要跟其他族群或語言群次公共域界成員及其語言互動。因此，儘管以華文書寫的馬華文學的活動空間並未跨出華人族群次公共域界，但由於其書寫的地理與政治空間是在南洋，不在中國，或者說，已離開中國國境，不論南洋這個地理與政治空間的當道語言為何語，它總已進入馬華文學的另一重意識：南洋華人意識與地方感性（sense of place）。也因此，戰前馬華文學既是中國文學的境外現象，也是馬來（西）亞的「殖民地時期（華文）文學」。

　　發生在中國境外的戰前馬華文學，固然流露居外或移外中國作家的中華屬性，同時也顯示了這些作家的地方感性。「地方感性」為後殖民或新興文學的重要特質。馬華作家和中國作家一樣以華文漢字書寫，敘事抒情手法也可能相去不遠，但是由於文本的地理背景不同，只要這種地方感性獲得充分彰顯，自然如葛萊（Stephen Gray）所說的，影響創作的種種表現，「包括產生新的敘述語言」以和母體文化的傳統有所區隔（Gray 7）。正是這種地方感性促使戰前馬華作家（居外或移外中國作家）思考文學屬性，展現文化認同。重讀陳煉青、曾聖提、黃征夫等人當年的南洋論述，也讓我們看出馬華文學的發展，無法以萌芽期、成長期、衰退期等生物史觀來分期斷代。或者說，這樣的分期，對我們暸解馬華作家的地方感性之進展，以及色彩鮮明的馬華文學之出現，並毫無幫助。事實上，沒有了地方感性，戰前馬華文學就只是中國文學搬移到星馬生產或加工的文

學成品，貼上了「馬來亞製造」的標籤也還是中國文學。沒有地方感性，馬華作家就是「僑民作家」，就不會有雙重意識。

　　雙重意識、地方感性與中華屬性，乃探討戰前馬華文學或論述建國以來的馬華文學的重要議題，其中地方感性尤其是後殖民論述的主要關注。雙重意識並不是華裔或說華語的華裔的獨特現象。海峽華人（Straits Chinese）或峇峇對身分與屬性的思考與困惑，在獨立前後尤其明顯。研究海峽華人的學者（如 John R. Clammer）多稱這個在人口統計上屬於華人，但以英語及峇峇馬來語為日常生活用語的社群的屬性為「模稜屬性」（ambiguous identity）。海峽華人出身的英文作家林玉玲（Shirley Geok-lin Lim）也曾用「英國爹／亞洲娘」（British Pa/Asian Ma）這個相當傳神和有點精神分裂色彩的片語來形容這種雙重意識（1993）。但對以華文書寫的馬華作家而言，雙重意識其實涉及一九四七年那場「馬華文藝的獨特性」論戰的問題。黃錦樹在討論方北方小說地方感性發展時即指出，「僑民文學」「反映的是那一個時代的馬來亞華人在國家形成前國族身分上的兩可狀態」，而這場論爭「清算了文學上的中國意識，當地的地域意識及其本土色彩的文學開始建立起來」（1998a：186）。

　　事實上，身為馬來西亞華人，中華屬性、身分認同、文化融合、同化、語文，是不得不面對的存活問題，不應該視之為五一三事件或馬來人特權那樣的敏感課題避而不談。而且馬華文學或馬華文學論述要處理這些問題，就不能只談「中華娘」（Chinese Ma）而將「馬來爹」（Malay Pa）當作不在場的「父之名」。

二、重寫馬華文學史

魏樂克（René Wellek）的《英國文學史的興起》（*The Rise of English Literary History*）一書，寫的其實不是「英國文學史」，而是「英國文學史的書寫史」。我對馬華文學史的興趣，也並不在書寫一部彰顯我的文學觀點與史觀的馬華文學史，而在於馬華文學史的書寫史。方修整理馬華文學史料，編成大系與選集若干部，並撰述史稿與簡史多冊，其在存史存文方面的貢獻自不在話下。如果沒有方修，殖民地時期的馬華文學文獻，今天恐怕沒有多少人可以取得，因為畢竟不是每個人都有機會埋首戰前星馬華文報刊故紙堆中。不過，方修的史書與文選，最為人詬病之處，在於其一言堂色彩太濃。我並不是說方修只選入現實主義作品，而刻意將具象徵主義、唯美主義傾向的文本排除（理由是這些作品頹廢、病態）；這方面的問題早已有人提出。我要指出的是，馬華現實／寫實主義文學，尤其是到了一九五〇年代，可能已具更多元風貌，而不只是社會現實主義路線而已。譬如說，《蕉風半月刊》在創刊初期，就已推行本土的、寫實主義的文學風格。我們的文學史知識也告訴我們，高爾基、果戈理、或茅盾的寫實主義，和福樓貝、亨利·詹姆斯的寫實主義並不同路數，但也只是風格不同而已，並沒有誰是正宗的問題。何況寫實這回事，其實是文學或文字的再現／代現功能或摹擬本質，或文學與外在或社會實境關係的問題，其複雜性遠超出「馬華現實主義文學」的想像範圍，不宜只從文學或作家的階級性來定奪。文學自有其「歷史與階級意識」，有其戰鬥性，文學更可以是很有力

的宣傳與革命工具，但小資產階級知識分子也有權利維護其閱讀與
書寫品味。更何況這麼說也大有問題，台灣的瘂弦、洛夫、張默、朱
西寧、司馬中原、段彩華也都是行伍出身。工農兵也不一定只許寫
《金光大道》或《王貴與李香香》；左翼也可以很現代主義、很超現
實主義。而更值得馬華文壇現實主義的死忠派省思的是，他們很多
人是和中國的王蒙同一世代，也跟莫言、蘇童、李銳這些人活在同
一世紀；不同的是，中國老中青作家走過文革，走出自己的新時期，
馬華的「老現們」到了一九八〇、九〇年代還在書寫言淺而意不深
的、粗糙的、稚幼的、三〇年代的、失去戰場的現實主義文學。這樣
的現實主義文學，難免要跟時代與現實脫節，這也是黃錦樹的〈馬
華現實主義的實踐困境：從方北方的文論及馬來亞三部曲論馬華文
學的獨特性〉所攻擊的。而將書寫置於這樣的境地，即使林建國在
〈方修論〉中提出的寬廣說法——我們只有「書寫史」，沒有「作者
史」——也不見得有助於給這些文本找到出口。

　　林建國寫〈方修論〉，其實是在他（以及哈伯瑪斯）認為美學實
踐與美學現代主義「氣數已盡」的年代「重寫方修」或「重寫馬華文
學」，既旨在發現「方修及其現代性」——方修的史料整理工作與
現代性的關聯，也點出馬華文學書寫史的歷史情境。[3]不過，林建國

---

[3] 我們當然了解這種歷史情境的局限。典律並不完全等於經典之作（反之，沒
進入典律殿堂的文本也不表示就非佳作，落選的遺珠可能更有其他價值）。經典
之作除了境遇等因素之外還得經得起時間（千百年？）的考驗。只要具備資本
與市場等條件，每個詮釋社群都可以有其典律建構（如胡適的「一個最低限度
的國學書目」、王德威替麥田出版公司編的「當代小說家全集」、蕉風出版社的

文章更大的貢獻是，將我們的馬華文學史或書寫史拉回或放入「現代性計畫」的進程觀察——儘管我們很可能真的已走到美學現代主義經已瓦解的時代。而在這個（遲延的）未竟之業中，方修的馬華文學（第三世界文學之一支）歷史書寫既承擔了（西方的）「現代性的後果」（資源分配不均？殖民情境？），也提示了「現代性出路」（局限？結構？「馬華文學」？）。〈方修論〉要我們反思的是：我們跟方修一樣，「被迫繼承」了這樣的局限／結構／「馬華文學」，該「如何接續方修〔的馬華文學史書寫〕工作」（林建國90）？

　　林建國的〈方修論〉讓我們的馬華文學論述回到地理發現的大航海時代。不過，方修對馬華文學史（書寫）的看法固然值得「發現」，方修之外的「美麗新世界」可能視野更寬廣。方修的十冊戰前《馬華新文學大系》出齊同年，李廷輝、孟毅等人也陸續編輯出版《新馬華文文學大系》（1945-1965）八冊（1972-1975 出齊），收入從戰後到新加坡自聯邦分離期間的各種文類與史料。其中第八冊為史料卷，卷首即選刊了王賡武的〈馬華文學導論〉（"A Short Introduction to Chinese Writing in Malaya"）與漢素音（Han Suyin）的〈馬華文學簡論〉。王賡武的文章原為魏尼散（T. Wignesan）編《金花：當代馬來西亞文學選集》（*Bunga Emas : An Anthology of*

「蕉風文叢」、或雲里風主編的「德麟文叢」）。典律與經典的問題，其實是「誰的典律？誰的經典？」的問題。換句話說，端視詮釋權力在誰手裏、有多少資源可用而定。我們對馬華文學的「成見」並沒有那麼大——沒有大到不談典律與經典就沒話可說的地步。

Contemporary Malaysian Literature, 1930-1963）的馬華文學部分導言，頗能彰顯馬華文學所處的多語文學環境。文中強調新世代作者咸視新加坡－馬來西亞為故鄉，以新馬為創作主題，並肯定這些作者以華文書寫的「權利」。漢素音的論文則是李星可編譯的英文選集《現代馬來西亞中文小說選》[Ly Singko, ed. & trans., *An Anthology of Modern Malaysian Chinese Stories*]）[4]導言。可見即使在一九六〇年代中葉，馬華文學典律建構已不是只有一種語文的版本或方修一家說法。漢素音認為在多元語文社會，以語文作為分類文學的基礎是行不通的，應該以「內容」為標準才是。她並舉出印度與阿爾及利亞作家多以英法語書寫印、阿文學為例，指出沒有必要以語文來界定「馬來西亞文學」。王漢（或韓）二文多少有助於我們在書寫馬華文學史時以不同（於方修）的切入點檢視這些作品的現代性，值得重讀。一九七〇年代以來馬來西亞的馬崙與李錦宗在收集資料方面頗下功夫，提供了不少史料，讀者可以各取所需，但是二氏並未有更具文學史規模的撰述。材料與作品需要詮釋與評論，需要考史以呈露其歷史結構，作者生平與作品的羅列頂多只是做到目錄學與傳記書寫的層面而已，貢獻固然很大，但畢竟不算治文學史。除了馬、李二人之外，新加坡的中國古典詩學專家楊松年也在七〇年代中葉開始關注馬華文學史書寫的課題，並積極參與殖民地時期馬華文學典律建構的工程，近年出版的《新馬華文現代文學史初編》（2000）

---

[4] 這本選集很可能是第一本馬華小說英譯選集。有趣的是，這本書封面的譯名書法題字為「現代馬來西亞中國小說」。

及《戰前新馬文學本地意識的形成與發展》（2001）二書，頗能從文化史與文學社會學的觀點詮釋戰前發生在星馬的白話（楊松年的用詞是「現代」）華文文學活動與現象。

　　另一方面，今天從方修等人所編輯的幾部選集看來，殖民地時期的馬華文學可當文學閱讀的作品並不太多，文字技巧令人驚豔的更少。[5]文學性不高，其實是許多殖民地時期文學或文學系統興起初期的共同現象。美國早期文學作品也是如此。一個文學系統的興起，自有其階段性與社會條件。除非有能引領風騷的「巨人」現身，文學不會突然基因突變般冒現，更可能的情形是經過一段「前文學」時期的經營。視殖民地時期馬華文學為「前文學」並無意貶低這些文本的歷史價值與重要性。相反的，馬華書寫的境況（situation）或林建國所說的「『書寫史』特質」（2000：78）更見凸顯。胡適的《嘗試集》的文學性相當低，可是無損於它在中國新文學史上的地位。也因此，勉強以萌芽、成長、衰微等生物生長概念來為馬華文學的這些「前文學」分期，並無多大意義。當然，所有的分期或斷代，都只是權宜的劃分法，背後的主導論證符碼其實是劃分者的文學（史）觀或沒有文學（史）觀與意識形態。

---

[5] 黃錦樹認為馬華小說「在藝術上可以成立的作品也相對的少。……馬華文學並沒有古代、近代，它存在的歷史迄今仍不出乎「當代」」（1998：10）。不過，他在編《一水天涯》時，也曾考慮另一種編法：從獨立之前的鐵抗（鄭卓群）往下編。

三、星馬現代主義華文文學與陳瑞獻等「六八世代」

　　星馬華文文學第一波現代主義浪潮的興起，始於一九五九年白垚（凌冷）所揭櫫的「新詩再革命」運動。[6]白垚在《蕉風月刊》的第七十八期改革號發表了一篇題為〈新詩再革命〉的宣言式短論，文中提出五點再革命意見如下：

　　（一）新詩是舊詩橫的移植，不是縱的繼承；

　　（二）格律與韻腳的廢除；

　　（三）由內容決定形式；

　　（四）主知與主情；

　　（五）新與舊、好與壞的選擇，亦即詩質的革命。（白垚 1959：
　　　　　19）

事實上，這一波現代主義文學的先鋒浪潮，針對的並非現實主義文學或左翼文，而是當時盛行的格律詩，如力匡的作品。白垚文中指出：「觀乎今日馬來亞新詩的趨向，似又向格律與韻腳這方面發展」（1959：19），顯然不是無的放矢。提出新詩再革命宣言之餘，白垚

---

[6] 早在一九五六年，白垚署名「凌冷」的文章在《蕉風月刊》第七十八期出現的三年前，台灣的紀弦主導的「現代派」即提出「創導新詩的再革命，推行新詩的現代化」的口號。「新詩乃橫的移植，而非縱的編承」的爭議說法也是「現代派」信條之一。白垚留學台灣，不可能不知道「現代派」或不受其影響。該期《蕉風月刊》除了本地詩文外，尚刊載覃子豪與季薇的童話。星馬的現代主義文學多稱為現代派文學，恐怕也和台灣的「現代派」名堂有關。星馬第一波現代主義文學與台灣現代主義文學間的文學複系統國際關係值得重探。感謝姚拓與許友彬替我影印第七十八期的革新號的《蕉風月刊》。

也寫了〈八達嶺的早晨〉、〈蔴河靜立〉等詩實踐,獲得周喚、冷燕秋〔麥留芳〕等在《蕉風》與《學生周報》寫詩的作者的正面回應。一九六二年,長篇小說《迷濛的海峽》的作者黃崖接編《蕉風》,[7]積極推動現代文學。受到《蕉風》與《學生周報》的啓發與鼓勵,一九六〇年代初乃有《海天》、《荒原》、《新潮》、《銀星》等衛星社群出現。這一波現代主義詩潮一直延續到周喚編《學生周報》的詩版時期,其間歷經鍾祺等人的筆伐。一九六七年底,《南洋商報》的《青年文藝》版編者杏影(楊守默)辭世,編務由南洋大學現代語文學系畢業的完顏藉(梁明廣)接手,版名易為《文藝》,鼓吹現代主義文學,尤其重視歐美文學譯介,後復增編《青年園地》副刊。這兩個副刊乃成為現代主義文學在星馬建制化的主要後援。次年梁明廣發表〈開個窗,看看窗外,如何?〉與〈六八年第一聲雞啼的時候〉兩篇重要論文,掀起星馬現代主義文學運動的第二波浪潮。這個六〇年代中期的現代主義運動的盛事是陳瑞獻以筆名「牧羚奴」掘起文壇。其實杏影在編《青年文藝》版時就已刊出不少陳瑞獻的作品,不過後來陳瑞獻的名字幾乎和星馬現代主義文學畫上等號。

---

[7]　《迷濛的海峽》以馬六甲海峽為背景。黃崖亦為星馬現代主義文學的重要推手。他在香港時主持國際圖書公司,除了自己的現代詩集《敲醒千萬年的夢》之外,在五〇年代末還出版過瘂弦的詩集《苦苓林的一夜》與朱西甯小說集《賊》等書。黃崖主編《蕉風月刊》期間刊登了許多台灣作家的詩文,其中不少為這些作家來稿,而非轉載。顯然黃崖推展馬華現代主義文學及對《蕉風月刊》的貢獻及其作為星馬港台文壇橋樑的角色有待重新給予肯定,他後來和友聯機構同仁的關係,以及離開友聯後獨立出版的小雜誌《星報》也有待重探。

陳瑞獻的喊起，讓我們名正言順地從「書寫史」跨入「作者史」。這是馬華文學發展一個相當重要的起點。一九六八年，五月出版社成立，推出陳瑞獻詩集《巨人》，立即成為擴散現代質地文學的重要據點。這個風格前衛的同仁出版社為現代主義文學重要搖籃，在六〇年代末七〇年代初陸續出版其他新加坡現代詩人的集子，其中《新加坡15詩人新詩集》（賀蘭寧編，1970）代表了這一群我稱為「六八世代」詩人本身的自我典律建構。那一陣子，陳瑞獻住宅的週末頗有文藝沙龍的氣氛，這群詩人經常集結在陳宅談詩論藝。這一波現代浪潮一直延續到一九七二年左右，而以陳瑞獻於一九六九年加入革新號的《蕉風月刊》編輯陣容，並於一九七一年和梁明廣合編《文叢》（《南洋商報》星期天贈刊《南洋週刊》的文藝版）為運動高潮。在現代主義的旗幟下，星柔長堤兩岸的作者在這一邊一國的一報一刊交叉會合。

　　上文描述了馬華現代主義文學簡史，僅僅勾畫了其興起脈絡，星馬現代主義或文學現代性其實值得更深入瞭解，「馬華現代主義文學史」應該有更微觀細緻的寫法，我的博士論文在這方面相當不盡理想。論文中對馬華現代主義文學推動者的文化策略與資源，及其歷史脈絡或境況的分析也嫌不足。這無疑是個人學識的侷限。[8]一九七〇年代中葉，新馬還先後出現《樓》、《紅樹林》與《煙火》等

---

[8] 對這一波現代主義文學運動較全面的研究詳方桂香二〇〇九年的《新加坡華文現代主義文學運動研究：以新加坡南洋商報副刊《文藝》，《文叢》，《咖啡座》，《窗》和馬來西亞文學雜誌《蕉風月刊》為個案》，博士論文，廈門大學人文學院中文系。這本博論於二〇一〇年由新加坡創意圈出版社出版成書。

現代主義風格強烈小刊物（little magazine），但那只能算是現代主義的餘波盪漾。我自己即是在「現代主義餘緒」的年代涉足文壇，接受《蕉風》、《學報》、《文叢》的文學（與世界）觀所啓蒙，贊同他們的美學理念，在某種程度上抗拒文學的介入與社會功能（其實是抗拒彼時馬華現實主義文學的那套文學介入與批判社會功能的刻板說法）。不過，《文叢》譯介薩特、聶魯達、馬爾貢 X 等人，也提供了我另一種可能的思考：文學的社會介入功能與文學工作者的知識分子責任。

四、離散詩學與新興華文文學

在白垚倡導新詩再革命的同一期（第七十八期），《蕉風月刊》刊出社論〈改版的話：兼論馬華文藝的發展路向〉。文中提出中華文化變遷說，今天看來，頗可反映出「新興華文文學」論的歷史脈絡。社論認為：「中華文化南下伸展，在『海外』已形成了三大『重鎮』：一是台灣，一是香港，一是星馬。」而「中華文化在『海外』，特別是在星馬，正如同當年西歐文化播植到『新大陸』一樣，它雖是古老文化的一脈相傳，但新的土壤卻賦予它新的生機，在新的雨露中，它將長得更為年輕而健壯」，《蕉風月刊》編者以為這就是「馬華文藝運動所具有的另一層意義」（蕉風社 3）。我認為這說法頗能契合馬華文學作為新興華文文學的理論。華人離散族群當然不限南下，「中華文化變遷」變到後來也可能變到沒有中華文字。故今日美加地區已漸形成一華文文學系統（六〇年代的台灣留學生今

日仍留美，近年更多台灣作家移居美加），而華裔中以英文書寫者
也大有人在（尤其是在美國與加拿大）。[9]「再移民」已成華人離散
族群的一大來源。而港台東南亞也成為主要再移民來源地。馬來西
亞華人離散移居他鄉的其中一重要原因為對政治不滿。第二次世界
大戰之後，各殖民地紛紛尋求脫離殖民統治的途徑，以建立自己的
國家，馬來亞與新加坡各族人民也力圖當家作主。從戰後到獨立，
在那短短十年左右的時間，英國殖民政府、馬來民族菁英分子、華
印裔移民的代言人、馬來亞共產黨人，紛紛在各自的公共域界之內
為這塊熱帶土地及自己的未來思考了不同的方案。不過，說馬來亞
獨立是華巫印三大民族攜手合作完成了建國大業，顯然是過於理想
化或教條化的教科書說法，晚近的馬來亞史家已視馬來亞獨立為各
族群內部鬥爭的妥協方案。[10]獨立建國之後，華人雖和其他族群同
為公民，但馬來人主導的政府（尤其是在一九六九年五一三事件之
後）獨尊馬來語文與馬來文化，打造「馬來人特選」（Ketuanan
Melayu）、「土著」（Bumiputra）等種族主義話語，華人經商與子女
接受高等教育機會也飽受限制。生活理想受挫，公民權益受損，離
家去國便成為不少華人的選擇，儘管多數人還是留下來，過著「低
限民主」的日子。

　　如前所述，一九五〇、六〇年代以來，不少受華文教育的華族
子女，由於在國內接受高等教育的管道不暢通而到台灣留學。其中

---

[9] 更不用說一九九〇年代以後，中國人大批移居歐美澳，成為當地的「新移民」、
「新住民」。

[10] 參見 T. N. Harper（1999）。

不少留台生在馬來西亞已參與寫作行列，有些人則到台灣之後開始試筆。到了一九九〇年代，這些留台生已漸形成一支台灣文壇的「外來兵團」，其中有些人頻頻得獎。他們在台灣發表詩文、出書、參與編輯工作、在大專院校教書，積極投入文化工作者行列。這些作家，如張貴興、黃錦樹、陳大為、鍾怡雯、木焱、馬尼尼為，加上已故世的李永平與商晚筠、已移居香港的林幸謙及常在台灣得獎的黎紫書，已返馬的潘雨桐、張草、賀淑芳、龔萬輝，以及非留台但在台出書的李天葆、陳志鴻、曾翎龍、梁靖芬、假牙等，他們在台灣文壇的表現與受到肯定的另一層意義，乃是馬華文學的流動性。六〇年代以來，在台灣發表作品、出版的馬華作家當然不只上述這些人，當年星座詩社同仁多年來一直在台者就有林綠（二〇一八年初過世）與陳慧樺，但以新千禧年前後這些在台與不在台的馬華作家的表現最為全面與搶眼。

　　早年負笈英國的千里達籍印度裔唯・蘇・奈波爾（V.S. Naipaul）在牛津畢業之後，立志以寫作為生，終於在英倫文壇揚名立萬，而於一九九〇年獲英女王頒予爵士勳銜。當今英國文壇，除了奈波爾之外，尚有石黑一雄（Kazuo Ishiguro）、魯西迪（Salman Rushdie）等外來兵團，他們形成了當代英國離散族裔小說主流，奈、石二人尚且獲得諾貝爾文學獎加持。奈波爾等三人兼具英國外來移民作家與英文印度作家、加勒比海地區英文作家、或日裔英文作家身分，也是典型的離散文學作者。他們的作品既深具出生地文化與人情風味，在表現英國城市或鄉鎮氛圍方面也毫不遜色。而後殖民／後移民論述的離散、混雜、流動、跨國等特質，讓他們筆下的文本揉合了東

方與西方、亞洲與歐美、現代主義與第三世界美學、邊陲聲音與大都會視野，既引人入勝，又豐富了當代英國文學風貌。而在當代英語文學世界中，南亞裔作家地位舉足輕重，非洲、加勒比海群島等英屬殖民地也名家輩出，早已形成新興英文文學的氣勢。這些後殖民作家頻頻在英美出書，在書市佔有舉足輕重的一席之地。觀乎今日華語語系文學的表現，也頗有這等聲勢。約五十年前中華文化離境南下的港台星馬等地，經已產生許多優秀作家。當代中國以外的華文作家中，台灣的陳映真、黃春明、王文興、七等生、朱天文、朱天心、舞鶴、駱以軍、楊牧、余光中、商禽、鄭愁予、夏宇、童偉格，香港的劉以鬯、西西、吳煦斌、黃碧雲、鍾曉陽、也斯、董啓章，星馬的陳瑞獻、英培安、黎紫書、沙禽、梅淑貞、陳強華、宋子衡、菊凡、小黑、李天葆、曾翎龍、賀淑芳，自馬來西亞移居台灣的李永平、張貴興、黃錦樹、陳大為、鍾怡雯、林綠、陳慧樺、木焱，移居香港的林幸謙，加上自中國移居歐美的高行健、嚴歌苓、虹影、阿城、馬建、北島、多多，或自台灣移居美洲的白先勇、郭松棻、李渝、張系國、叢甦、瘂弦、洛夫等人，他們的作品風格繁富、表現殊異。這一批離散華人作家，或以寫實或現代主義手法，或用後殖民或後現代的方式表達、建構他們的歷史想像與地方感性。他們之中不少人是二次戰後出生的一代（有些人已辭世），沒有傳統文化或意識形態的包袱。其中不少人更到處流動，四處移居。我們大可說流動性與跨國性乃新興華文文學的特色。

　　從馬華文學到新興華文文學，從華文文學到英文文學，十多年來我對上述馬華文學課題的重新思考，竟和馬／華文學漸行漸遠：

走向馬華之外的華人離散社群，走向華文以外的華裔英文書寫。如此「重寫」的結果，似乎有點始料未及。當然，說馬華文學必須離境，離開馬來西亞，到台北這個華文文學營運中心，才「新興」得起來，難免有點妄自菲薄。吉隆坡的《星洲日報》舉辦花蹤文學獎，並不比台北《中國時報》及《聯合報》後期疲態畢露的文學獎差，而且還擴大舉辦全球性的「世界華文文學獎」，停刊多時的《蕉風》多年前由南方大學學院接手復刊，近年吉隆坡也有《季風帶》文學雜誌創刊，各種文學活動也時有所聞。不過，華文文學在新千禧年以後馬來西亞的處境，並沒有比我在一九九〇年代初撰寫的〈馬華文學：隱匿與離心的書寫人〉文中所陳述的境況好到哪裏去。執政六十年的國陣政府在五一三種族衝突事件後奉行獨尊馬來文化與馬來文學的文化計畫。近十年前開放甚至鼓勵使用英語為教學媒語，其實只是彼時首相馬哈迪唯恐馬來人在全球化趨勢之下競爭失利的對策，並非誠心實施多元文化主義及雙語或多語文計畫。大環境沒有改善，本地華文文學的市場也沒甚麼進展，出版業依舊不景氣，同人詩社或文社仍然不多，大型的定期文學刊物還是無法生存，學術與學院資源仍舊匱乏，馬華作家唯有憑個人才氣與際遇，繼續流動，繼續離境，到「帝國中心」或其周邊的其他中華文化環境發展，利用他國的文化資源成就自己的文學事業。或者離開華文的語境，遠走高飛，到美國、澳洲或加拿大等英語文學環境發奮圖強，向哈金（或林玉玲、陳團英、歐大旭或越南裔的阮清越 [Nguyễn Thanh Việt]）看齊，以英文創作。當然，不離境，而以馬來文書寫，也是出路之一，將來如果華裔馬來文作家人數眾多，「峇峇文藝復興」（Baba

Renaissance）也不是沒有可能在馬來西亞出現。話說回來，以英文或馬來文書寫的華裔文學，當然還是華社的文化資本，而且也頗有可為，不過對馬華文學的發展不太可能形成干預（interference）。以不同語文書寫的華裔作家，其語文教育背景往往不同。換句話說，以華文書寫的馬華作家改弦易轍，改以馬來語或英語書寫的機率不高（少數例子為鄭秋霞），頂多同時以另一語文創作或翻譯（例如碧澄、莊華興、李國七）。這樣看來，馬來西亞華文文學的遠景，還是有賴於新興華文文學的發展。

徵引文獻：

Atwood, Margret（1972）．"Survival." *Survival : A Thematic Guide to Canadian Literature*（Toronto : House of Anansi），27-44.

Clammer, John R.（1979）．*The Ambiguity of Identity : Ethnicity Maintenance and Change Among the Straights Chinese Community of Malaysia and Singapore*（Singapore : Institute of Southeast Asian Studies）．

Gray, Stephen（1986）．"A Sense of Place in the New Literatures in English, Particularly South African." Peggy Nightingale（ed.）: *A Sense of Place in the New Literatures in English*（St. Lucia: University of Queensland Press），5-12.

Han Suyin(1967)．"Forward." Ly Singko（ed. & trans.）: *An Anthology of Modern Malaysian Chinese Stories*（Singapore : Heinemann Educational Books），1-

21.

Han Suyin [漢素音]（1975）。〈馬華文學簡論〉（"Forward"）。李星可（譯）。趙戒（編）1975：14-26。

Harper, Timothy N.（1999）. *The End of Empire and the Making of Malaya*（Cambridge : Cambridge University Press）.

Lim, Shirley Geok-lin（1993）. "Chinese Ba/British Da: Daughterhood as Schizophrenia." Shirley Chew & Anna Rutherford（eds.）: *Unbecoming Daughter of the Empire*（Sydney: Dangaroo）, 137-144.

Wellek, René（1941）. *The Rise of English Literary History*（Chapel Hill : University of North Carolina Press）, 1941.

王賡武 [Wang Gungwu]（1992）. "A Short Introduction to Chinese Writing in Malaya." *Community and Nation：China, Southeast Asia and Australia*（St. Leonards : ASAA and Allen & Unwin）, 281-86.

王賡武（1975）。〈馬華文學導論〉（"A Short Introduction to Chinese Writing in Malaya"）。趙戒（編）1975：8-13。

白　垚 [凌冷]（1959）。〈新詩再革命〉。《蕉風月刊》no.78（Apr.）：19。

林建國（2000）。〈方修論〉。《中外文學》 29.4（Sept.）： 65-98。

張錦忠（1984）。〈華裔馬來西亞文學〉。《蕉風月刊》no.374（July）：11-13。

張錦忠（2003）。《南洋論述：馬華文學與文化屬性》（台北：麥田出版公司）。

張錦忠[Tee Kim Tong].（1997） "Literary Interference and the Emergence of a Literary Polysystem." Ph.D diss., Department of Foreign Languages and Literatures, National Taiwan University.

許傑（1988）。〈我曾經參加過馬華文化宣傳工作〉。宗廷虎（編）：《名

家論學：鄭子瑜教授受聘復旦大學顧問教授紀念文集》（上海：復旦
大學出版社），295-312。

賀蘭寧（編）（1970）。《新加坡 15 詩人新詩集》（新加坡：五月出版社）。

黃錦樹（1990）。〈「馬華文學」全稱芻議：馬來西亞華人文學與華文文學
初探〉。《新潮》no.49：88-94。

黃錦樹（1998）。《馬華文學與中國性》（台北：元尊文化出版社）。

黃錦樹（1998a）。〈馬華現實主義的實踐困境：從方北方的文論及馬來亞
三部曲論馬華文學的獨特性〉。黃錦樹 1998：179-210。

黃錦樹（2003）。〈反思「南洋論述」：華馬文學，複系統與人類學視域〉。
張錦忠 2003：11-37。

楊松年（2000）。《新馬華文現代文學史初編》（新加坡：BPL [新加坡]教
育出版社）。

楊松年（2001）。《戰前新馬文學本地意識的形成與發展》（新加坡：八方
文化公司）。

趙　戒（編）（1975）。《新馬華文文學大系：1945-1965・第八集：史料》。
李廷輝、孟毅等（主編）：《新馬華文文學大系》（1945-1965）。八
冊（新加坡：教育出版社，1972-1975）。

蕉風社（1959）。〈改版的話：兼論馬華文藝的發展路向〉。《蕉風月刊》
no.78（Apr.）：3。

† 本文二〇〇二年八月初稿於加拿大域多利；二〇一八年十二月初修訂
於高雄。

離心與隱匿：
一九七〇、八〇年代的馬華文學書寫處境

　　「馬華文學」一詞，泛指馬來亞（含新加坡）或馬來西亞（含沙巴、砂勝越及一九六五年前後的新加坡）的華文文藝作品，尤指一九二〇年代以降在這個地區發生的華文白話文學。簡言之，馬華文學或馬華文藝即華裔馬來西亞人用華文書寫的文學作品，[1] 這以語言取向為主的界定，背後其實充滿了政治認同與文化屬性問題。[2] 就

---

[1]　「馬華文學」的「華」顯然也可以不指「華文」，而指「華裔」、「華人」或「華族」。黃錦樹即曾建議復原馬華文學全稱為「馬來西亞華人文學」，參見黃錦樹（1990）。我在若干年前即曾為文質疑馬華文學的定義，並建議用「華馬文學」作為「華裔馬來西亞文學」的簡稱，因為「馬華文學」自有其特定之歷史意義，無法顛覆之，只好另起爐灶。見拙文〈華裔馬來西亞文學〉。本文談的是以華文為書寫工具的馬來西亞華文文學，故仍沿用「馬華文學」一詞。

[2]　「華文」其實就是簡稱「中文」的「中國文字」或「中國語文」，什麼時候

共時性而言，這個用語一方面顯示馬來文學、馬印文學、與馬英文學系統的存在，誠屬國家文學或馬來西亞文學複系統的討論範疇，另一方面又指涉一個波濤洶湧的華文文學主流，乃比較文學研究的課題。

　　不管討論屬類為何者，論述馬華文學的話語總難免涉及語言、文化、教育等政治範疇問題。在馬來西亞，國語為馬來語，國家文學則指以馬來文書寫的作品；用華文、印度文或英文創作，作品並不算國家文學，只能冠之以馬華文學、馬印文學等族群色彩強烈的標籤，或語言取向的稱謂，如馬英文學。數十年來，馬華文學在國家文學主流之外自生自滅，文學表現被轉移成表現文學的語言問題，

開始沿用這個「雅語」稱謂，待查。在不同的言論脈絡裡，這個稱謂意義迥異。在馬來西亞，馬來文用 Bahasa Tionghua 或 Bahasa China（雖然依馬來西亞與印尼的一九七三年頒布的統一新拼音法 [Sistem Ejaan Baru]，或譯新拼音方案，印尼則稱「改進的拼音方案」[Ejaan Yang Disempurnakun]，專有名詞或外來語的 Ch 無需改成 C，報刊還是把 China 寫成 Cina，看起來就不像 China〔中國〕了）來指稱中文。華裔自己用方塊字稱謂「中華民族的文字」，也捨「中」取「華」，曰「華文」，類推之餘，乃有「華語」、「華人」、「華裔」、「華樂」、「華校」、「華社」等詞，以示與「中國」、「中國人」有別。誠如劉紹銘所說「馬來西亞政府好像對凡是中國的都有戒心，因此才有『華文』、『華語』和『華校』這些顯明是為了要在感情上和政治上跟兩個中國政府劃分界線的稱謂」（46）。其實，要在感情上跟台灣或中國自清界線的倒不一定是政府，往往是華社本身。大陸或台灣也用「華文文學」「作為中國文學一個國際性代號」，參閱趙令揚（1988）。此外，大陸有《華文文學》雜誌及「海外華文文學叢書」，台灣有《亞洲華文作家雜誌》。這些上下文內的「華文」涵義較廣，倒沒有如馬來西亞官方或民間諸用法的淡化或疏離化意味。

作品也轉換成反映華裔社群文化屬性與歷史意識的社會文本，這種
現象源自政府政治化語言文化問題的策略。官方目的明顯不過，即
離心化（decentralize）華文文學、壓抑中華文化意識、消淡中國歷史
與民族記憶，企圖迫使華族逐步無條件融入以馬來文化為核心的馬
來西亞文化，一如峇峇與娘惹，只保留衣著、飲食或禮俗等器用層
次的中國文化。面對這種文化屬性危機，馬華作家一旦遠離自己的
語言族群，頓成身分隱匿的、不明的書寫人──失聲導致失身。

　　而在整個現代華文文學世界裡，「中原」則顯然是在中國大陸
與港台，東南亞及歐美澳華文作品乃屬「海外華文文學」[3]這誠然是
以地域或國別來定奪文學表現的霸權論調。[4]馬華作家的作品，發表
或印行地點如果是馬來西亞，「海內」的主流未必會垂青，如果是

---

[3] 若干學者持不同看法，如香港的黃國彬就認為「中文文學，三十多年來一直
沒有『中原』，三十多年來，中文文學在邊陲（港、台），甚至『蠻夷』之地
（北美）得以持續、成長」（81）。美國的周策縱則提出「多元文學中心」觀
念，認為「華文文學本來只有本國〔中國〕一個中心，可是〔……〕凡有許多
華人聚集的地區，用華文寫作的人也就會多了起來，自然會自己形成一個文學
中心。〔……〕東南亞這些華文文學中心，各有它們的特性。〔……〕都可自
成體系，自成一個中心。也許不能把它們看做「邊緣文學」（peripheral or frontier
literature），更不能把它們當成『支流文學』（tributary literature）看待」（360）。
周策縱的「多元文學中心」說相當接近易文－左哈爾（Itamar Even-Zohar）的文
學複系統（polysystem）概念。

[4] 港台的文學工作者提到中文文學的主流，自然把港台兩地包括在內。但中國
大陸不見得如此區分，如他們的「海外華文文學叢書」，印行的作品除了東南
亞華文文學外，還包括了港台作家的著作。

在港台發表，或作家本身旅居港台、著書立說、積極參與文化生產
與消費活動，自會受到一定重視，但卻不一定就會被納入主流，除
非寫的是武俠或推理小說。[5]在「他者」（the other）的言論裡，馬來
西亞華裔書寫人通常仍是以鮮明的「馬華作家」或「南洋色彩」面
目出現。也因此，有些馬華作家為了消淡地方色杉，以匯入華文文
學主流，不惜亦步亦趨台灣的現代主義文學，或緊跟中國大陸的寫
實主義路線走。這也許不見得就是不自覺的被殖民心態作祟，卻暴

---

[5] 一九七〇年代初，余光中、朱西寧、張曉風、洛夫諸人編《中國現代文學大
系》（台北：巨人出版社，1972），選的是「中國作家」在台灣所發表的作品，
雖然不少香港或星馬的華裔詩人在台灣文壇相當活躍，《大系》並沒收入他們
的詩文。一九八九年，由余光中擔任總編輯的《中華現代文學大系：台灣一九
七〇～一九八九》（台北：九歌出版社），倒是收入了王潤華、淡瑩、藍菱、
張錯、董橋、方娥真、李永平、張貴興、李有成、西西等非台灣作家的作品。
另外，劉紹銘提到李永平時曾指出「他的全部著作都是在台灣報紙的刊物發表。
賞識到他才華的，也是台灣學界中人」、「李永平的小說，最先發表於《大學
雜誌》和《中外文學》都是讀者有限的刊物，如非一早就受行家賞識，即使後
來能在報上現身，也不一定得到他今天的地位」、「李永平的《吉陵春秋》如
果發表在大馬刊物，會有哪個行家出來給讀者點撥一番？」見〈藕斷絲連〉（劉
紹銘 69-70）一文。劉紹銘的看法甚是。但是，反過來說，像李永平這樣傑出的
小說家，如果從未在台灣文壇發表作品，台灣研究當代華文文學的伯樂，會不
會發現這匹千里馬呢。新馬優秀華裔詩人、小說與散文作者甚多，如牧羚奴（陳
瑞獻）、梅淑貞、沙禽、宋子衡、小黑、葉誰、邁克、張景雲等，台灣的行家
與讀者未必有緣識荊。張貴興、潘雨桐與商晚筠小說集也是在台北出版後，才
有台灣讀者注意。寫武俠小說的溫瑞安，一九八一年初因遭台灣政府指控「為
匪宣傳」而被驅逐出境，許多年後復由萬盛、皇冠等出版社重新「引進」他的
作品，足見其市場行情。

露了馬華文學的另一種文化屬性危機。同樣是用華文書寫，擺在華文文學傳統的脈絡裡，這前英屬殖民地的書寫人卻在追尋自我過程中失去了自我。不過，這種危機對追尋文化屬性根源的「自我」而言，未嘗不是反省或重新定位的轉機。「自我」從「他者」的言論中，也可體認到，在「中文文學」的文化脈絡裡，馬華文學畢竟有別於大陸及港台的「中國文學」。因此，馬華作家應書寫自己的文學史。否則，由於自我與他者之間關係曖昧，缺乏辨證與對話，馬華作家難免仍是離心的、隱匿的書寫人，甚至成為「他者中的他者」（the other of the others）。

　　本文試圖勾勒影響馬華文學表現的實際政治與文化背景，從而陳述馬華作家受困於政治化因素積澱而成的文化情結，目的不在詮釋或閱讀個別作家作品，而是藉機辨證省思，做為重讀馬華文學或重寫馬華文學史的立論基礎或激素。此外，這裡無意申論馬華作家旅居或移民他鄉（特別是台灣）的文化屬性問題。這種實質上的文化回歸或政治流放固然反映了華裔作家在馬來西亞的處境，卻毋寧是馬華作家「不在」本國的屬性與處境問題，宜另文探討。[6]

---

[6] 馬華作家或海外華裔的回歸與流放問題，一九七〇年代初已有人討論，參閱中國時報主編，《風雨故人》，頁175-194。書中收入賴瑞和的〈中文作者在馬來西亞的處境〉與〈「文化回歸」與「自我放逐」〉、翱翔（張錯）的〈他們從未離開過〉、林綠的〈關於「自我放逐」〉、劉紹銘的〈讀「中文作者在馬來西亞的處境」有感〉等文。這些文章原刊《中國時報》副刊，發表後在馬華文壇也曾引起一些討論，當時吉隆坡的《蕉風月刊》即刊登過相關論戰特輯。見《蕉風月刊》第250期（1973）至第253期（1974）川谷、葉嘯、陳徽崇等人的文章。

　　馬華文學的文化屬性問題癥結在於教育與語言，這個問題透過
政治與經濟詮釋，更明顯不過。馬來西亞前身為馬來亞，一九五七
年獨立，領土為馬來半島十一州，一九六三年，新加坡、沙巴（英屬
北婆羅州）與砂勝越加入，國名「馬來西亞」。三年後新加坡與吉隆
坡關係破裂，被迫脫離聯邦而自成獨立共和國。這些聯邦成員前身
俱為英國殖民地，人種複雜，語言眾多，英文頗為通行。馬來西亞
的政治結構跟種族結構息息相關。在三千萬人口中，馬來人、印尼
移民及原住民（包括半島的施努尹、耶昆、小黑人與東馬的峇曹、
卡達山－杜順、畢達友、伊班、普南、戈達揚、馬拉腦等原住民族
群）超過半數，中國人後代的華裔約三分之一，其他為印度裔、歐
亞混血後裔、阿美尼亞裔、阿拉伯裔、泰裔等。儘管獨立以來政府
一直以建立一個多元社會為號召，在建國後六、七年間，政府開始
推行本土化政策，定伊斯蘭為國教，立馬來語為國語，以土著文化
為國家文化。這些政策雖然並不符合多元文化的口號，但是各族之
間基本上相安無事。後來馬來人為壯聲勢，遂把本族歸為原住民同
類，以原鄉人自居，號稱「土著」（Bumiputra，意謂「土地之子」），
視華裔、印度裔等移民及其後代為外邦人，以少數族裔待之，華印
裔文化自然也就成為外來文化。[7] 這種土著／非土著、原住民／外來

不少留台作者從留學台灣變成居留台灣，更是行動上的「再華化」。這種馬華作
者的回流現象，探討者並不多。參見黃錦樹的〈旅台「文學特區」的意義探究〉
一文。

[7]　其實人種分類，往往是依政治或經濟利益劃分，不一定代表族源。「馬來人」
一詞的定義十分複雜，今天指的是說馬來話、信奉伊斯蘭、遵行馬來習俗的人，

者的二分法顯然是十分武斷的。馬來文化或其前身馬六甲文化其實包含了印度、伊斯蘭、西方等外來文化的色彩。而巫統主導的國陣政府獨尊馬來文化，乃以政治話語來跟過去兼容並蓄的多元論述劃清界線，突出新文化的權力意志之顯現，結果造成國民新的文化屬性危機與差異，是既重認歷史又否定歷史的矛盾做法。

建國初期，本地人當家作主，本土文化屬性與思想覺醒，反殖意識高漲，難免引起排外情緒。但是，在邁向共同建設家國的道路上，由於歷史與政治因素，馬來人似乎無法體認，英國東印度公司管轄地或海峽殖民地只有一種語言：英語；一種文化：白人的西方文化。東南亞各族文化皆被視為民俗，而華文與印度文，在殖民政府眼裡，跟馬來文同樣是遠離當道核心的方言土話，各族之間實在在沒有必要「相煎太急」。

因此印尼伊斯蘭移民很快就被接受為馬來人。雖然南非開普敦的穆斯林也叫馬來人。馬來人的 Melayu 很可能源自蘇門答臘的馬來由河。《馬來紀年》（*Sejarah Melayu*）中曾多處提及此印尼典故。不過《馬來紀年》跟英國梅默之喬菲利的《英國帝王紀》（Geoffrey of Monmanth, *History of the Kings of Brittan*）一樣，故事多於史實。例如書中記載得馬六甲王朝蘇丹族譜，即遠溯至亞歷山大帝（Islandar Zul-karnain）。果真如此，今天的馬來人豈不就跟華印裔一樣，也是外來民族的後裔嗎？王朝的開創人拜里米蘇拉抵達馬六甲時，當地為一小漁村，王朝建立後漸漸擴充政經勢力，馬六甲文明盛極一時，代表優勢的是「馬六甲人」，而非「馬來人」。「馬來人」的正名，其實是英國殖民地時代的產物，英國人的「馬來人」指的是住在馬來半島說馬來話的穆斯林，有別於華印裔移民。今天政府所謂的「土著」，還包括東馬的非穆斯林原住民，並不純粹指馬來人或馬來穆斯林。

馬來西亞政體為君主立憲（constitution monarchy），國王稱做「最高元首」（Yang Dipertuan Agong），由各州蘇丹（Sultan）或拉惹（Raja）推選輪流擔任，國務由首相（Perdana Menteri，亦稱總理）領導的內閣執行。就第三世界國家而言，馬來西亞的議會政治與政黨政治相當健全，雖然在實質上未能貫徹民主精神，以發揮政黨政治功能，但也沒有軍人政變的隱憂。民主未能健全發展，主要是政府推行獨尊土著的一元論政策，憲法明文保障馬來人地位，政黨結構被種族結構套牢。華裔及其他少數族裔雖然享有參政權，但在執政黨陣線裡，馬來人才是老大哥。馬來半島華巫印三大民族各自擁有以爭取本族利益為使命的種族政黨，東馬二州的重要政黨也以當地原住民為主。一九四〇、五〇年代，馬華公會、全國巫人統一機構（巫統）及國大黨三大民族黨攜手合作，組成聯盟爭取獨立。馬來西亞成立後，三黨聯盟繼續執政，漸成壟斷之勢，其他政黨只能在若干地方掌權，始終無法執政組閣。聯盟標榜務實與協商精神，例如，巫黨同意所有在本地出生的人都享有公民權、政府採取開明的經濟政策，以換取馬華公會與國大黨同意馬來文作為國語與官方語言和所有源流學校的必修語（一九六七年後成為唯一官方語言），以及馬來人在文官系統占有四對一的優勢比例。公民權、教育與馬來人特權等敏感課題在建國初期沒有引起太大的衝突，固然跟各方的現實政治觀有關，馬華公會與國大黨的弱勢與讓步也是原因之一。特別是馬華公會，經過了一九五九年的七月危機之後，已失去了跟巫統討價還價的籌碼。一九七〇年代初期，巫統有鑑於一九六九年大選後各族群利益衝突白熱化，乃倡議聯盟與其他主要反對黨結合，進一步

發揮共識精神（muafakat），執政黨陣線於是易名「國民陣線」（Barisan Nasional），野黨與異議人士是一大打擊，幾次普選，反對勢力皆無法組成反對陣線與國陣抗衡。[8]

　　各族利益衝突是造成真正多元民主社會無法實現的一大原因，但是政治上的一元論、馬來人民族與宗教意識高漲、華裔的強烈文化屬性及文化優越感、以及經濟與教育資源分配不均更是重要因素。在六〇年代，各族在政經領域的角色分布，仍是前殖民地政府分而治之政策的衍續形態：華裔以經商為主、一般馬來人務農，或進入文官體系、印裔多為勞工，菁英則多當醫生或律師。國家財富分配不均，就業機會不平等，造成貧富差距與種族仇恨。東南亞華裔一向靠做生意謀生計，不太熱衷參與政治，也沒有憂患意識。一旦政府以政治手段干預經濟，華族商界就節節敗退了。馬來西亞華裔經濟實力在國家經濟政治化後，已失去主導地位與優勢。華裔父老賺錢安身立命之外，最關心的是子女的教育。華裔子弟上小學可選擇進入華文小學或全以馬來文教學的國民小學，但是中學以上，就只

---

[8] 一九九〇年大選，民主行動黨、回教黨、四六精神黨等反對黨組成反對陣線「人民陣線」，也未能憾動國陣。到了一九九六年，國陣更取得空前勝利，反對黨似乎大勢已去。馬來西亞政治形勢要等到一九九八年的安華革職事件引發的「烈火莫熄」運動以後才開始改變，雖然次年大選反對聯盟的「替代陣線」並沒有斬獲。近十年後，二〇〇八年三月八日大選，公正黨等反對黨「人民聯盟」首先否決國陣的席次優勢；過了兩屆，到了二〇一八年五月九日，土團黨、民行黨、公正黨、誠信黨合組的「希望聯盟」在第十四屆大選與國陣對決，才一舉扳倒執政長達六十年的聯盟－國陣政府，成功執政，邁向「新馬來西亞」。

有馬來源流學校（七〇年代中期以前尚有英文中學），若干大城市才有民間興辦的華文中學（稱為獨中），以華文或英文為主要教學媒語的大學則不准設立。[9]唸完私立華文高中的華裔子弟，若想繼續深造，就得遠赴台灣，或進入語文補習學校惡補英文，然後到英美加澳紐，甚至印度去。接受馬來文教育的華裔子弟，雖有資格進入馬來亞大學或國民大學等本地大學，但因政府實行保障土著名額政策，特別是理工科系，能上本國大學的也不多。儘管許多華裔政要紛紛將子女送入國民小學或送往外國，華教仍然是他們關心的政治課題。由於政府保留可關閉華文小學（及印度小學）的權力，華教問題始終是華族社會無法放心的根結。華社十分清楚，沒有華教就沒有華族及華族文化。[10]教育危機感乃成為民族與文化危機的激素。

　　儘管「馬來西亞人的馬來西亞」（相對於「馬來人的馬來西亞」）很可能只是烏托邦或理想國的口號，仍然是解決政治問題與文化危機的可行之道。[11]老中輩華裔雖非生於斯，卻長於斯老於斯，祖國

---

[9]　近年來教育法令鬆綁，政府允許創辦私立大學，也不再硬性規定以馬來文教學。一九九〇年創立的南方學院和一九九七年獲准興辦的新紀元學院都有濃厚的華社色彩。二院開設中文或中文研究系。希望華文教育從此峰迴路轉，本文末段的結論永不成立。

[10]　劉紹銘在〈以平等待我之民族〉一文亦引述台北《時報周刊》（18-24 Oct. 1986）一篇泰國報導中某位華文教師的話，他說：「沒有華教就沒有華人。」見劉紹銘 36。

[11]　十年前，《遠東經濟評論》某記者即勾勒出理想建國藍圖「馬來人處身看來是華人執經濟牛耳的國度，而不感到地位飽受威脅。華人不覺得自己的天賦被他人以政治手段扼殺：印度人深知自己人少，但不會因人少就被剝削，達雅或

已變成潛意識裡模糊的影子了，「中國」成為歷史意識與文化記憶。五〇年代末葉，馬來亞獨立，大部分華僑身分變成公民。現實環境在轉變，唐山渺渺，歷史文化屬性漸淡，但是有了土地認同與財產，眷屬與親人也都在身邊，為了下一代的未來，不想落地生根斯土也別無選擇。而接受英文教育的華裔知識分子，一如早年的「海峽華人」（Straits Chinese），中華文化屬性已被殖民地教育削弱甚至消除。這些華裔納入以馬來人為主的文官體系後，認同的自然是這個新興國家。至於新生代，深受本地化教育洗禮，多半能讀寫譯說流暢的馬來文，對文化傳統的孺慕與認同業已淡薄，縱使受過華文小學教育，也不夠紮實，社交語不是英語、馬來語便是漢語方言，華語遂失去教育與社會功能，也無法喚起文化集體潛意識了。在這種背景之下，七、八〇年代的新生代馬華作家，追尋民族文化根源，以方塊字言情抒懷，更難免受困於離心與隱匿的文化情結。在政治上，「馬來西亞人的馬來西亞」這理想幻滅於一九六九年五月十三日的種族暴動。是年全國普選，教育與語言為二尖銳競選課題，背後的

卡達山人雖然家在吉隆坡千哩之外，但是福利不至於因此被政府忽略。」見 *Far Eastern Economic Review* 23 August 1980：40，轉引自 Andaya & Andaya 95。政府推行的「新經濟政策」也計劃以一九九〇年為完成重組社會年限。在財富重新分配之後，各族當融和在「新馬來西亞」屬性之下，完成建國目標。政府顯然沒有預見執行偏差會造成更多的差距。一九九一年二月，首相馬哈迪提出「二〇二〇宏願」（Wawasan 2020），期許全國上下為三十年後的理想藍圖打拚，屆時各民族一律平等，都屬「馬來西亞民族」。但是，即使這樣的理想能在二〇二〇年實現，也已剝奪了華印裔一代人的平等民權了。

意識形態之爭乃各族在這新國家所扮演的角色問題。這回反對黨來
勢洶洶，聯盟雖勝，卻失去了三分之二的大多數優勢，得票率也只
有百分之四十八‧五。在華裔人口較多的城市，如吉隆坡，不少選
區的執政黨（尤其是馬華公會）候選人敗北，雪蘭莪州執政權極可
能易手。五月十三日當天，反對黨人在吉隆坡遊行慶祝勝利，引起
馬來人懼恨，巫流激進分子乃有反遊行之舉，有心人士則藉機製造
動亂，遂演變成不可收拾的種族衝突事件。經過四天的殘殺與暴動，
首都治安秩序才告回復。這次種族動亂，史稱「五一三事件」，至今
仍是敏感話題，只存在人民記憶裡。[12]國家政治機制在是次事件幾
乎癱瘓，政府只有以戒嚴來控制局勢。亂平後首相東姑阿都拉曼（Tun
Abdul Rahman）下台，敦拉薩（Tun Abdul Razak）領導的少壯派組成
國家行動委員會接管政權，重新規劃意識形態（如「國家原則」），
釐定「新經濟政策」（Dasar Ekonomi Baru），推行國家文化政策，進
一步落實土著化路線。在重整社會結構與重新分配財富的原則下，
政府大力扶植馬來人進軍工商業，馬來人子女進入大學也獲得絕大
多數的名額保障，馬來人的政經文教主導強勢遂告形成。

　　國家文化政策在精神上雖然尊重各族的多元傳統，但官方在落

---

[12] 五一三事件的官方說法，見東姑阿都拉曼的《五一三始末》（*May 13-Before
and After*）及國家行動委員會（NOC）的《五一三慘案報告》（*The May 13 Tragedy:.
A Report*）。吳清德一九七〇年完成的報告中對此動亂之因果及巫統權力鬥爭頗
多著墨，不過對事件發生經過的敘述則嫌草率，且多引述官方版本。詳 Goh Cheng
Teik, *The May Thirteenth Incident and Democracy in Malaysia* （Kuala Lumpur：Oxford
UP, 1971）。

實推行時，往往有意偏差，結果馬來文化成為主流，他族的「文本」不是被拭抹就是遭塗改。然而，在「馬來西亞人的馬來西亞」的理想藍圖上，各族的語言文化交響共鳴，縱有主流支流之區別（國家總得有國語或第一語言），各語文社群可以自由對話、交流與融匯，而非某一強勢同化或排斥弱勢。多元種族文化社會如果實行單元化政策，某些族群終將分裂成與「他者」隔絕的不同「自我」，而被「他者」同化的「自我」，由於缺乏母體文化的集體潛意識，不得不忘卻歷史記憶，結果只是不完整或有所匱闕的「自我」。「後五一三時代」的馬華作家，由於文化自我的分裂，找不到認同對象，唯有更進一步師法六〇年代中葉開始輸入的西方現代主義文學，走入內心世界，尋找自我。但是馬華現代主義文學風潮，到了七〇年代中葉以後漸漸落幕，而現實主義文學也因政治敏感而無法反映現實困境，馬華文學乃進入苦悶的灰色時期。到了八〇年代，「新經濟政策」已造就不少馬來商人，馬來民族企業與國家經濟結合，教育與語言政策已不可動搖，華裔政經文化已由弱勢退居劣勢，華裔作家用華文書寫，除了抒情載道，更是維繫文化香火的一種姿勢。因此，八〇年代的馬華文壇，乃有洪泉這樣的小說家書寫〈歐陽香〉等勇於表達文化情結的作品，以及傅承得等以詩作為政治象徵行動符號的新詩人。[13]他們筆下想表現的，正是台灣留美作家張系國所說的

---

[13] 參閱洪泉，《歐陽香》（八打靈再也：蕉風月刊出版社，無出版年分）。傅承得感時憂國的詩集《趕在風雨之前》（吉隆坡：十方出版社，1988）反映了華裔在一九八七年年底種族間的風風雨雨與政治低氣壓下的文化情結與民族危機意識。

「家園、社群、語言及文化面臨存亡絕續危機的悲劇」（167）。

　　華裔如何維繫文化屬性固然是個問題，馬華文學如何表現這種歷史與文化悲劇感更是問題重重。馬來文化與語言的權威體系已經建立，馬來文學已擁有國家文學的法定定義與運作權力的地位。馬華作家身處這樣的政治環境，當如何書寫？為何書寫？用何種文字書寫？如何跨越民族與文化的疆界？既然無法尋求多聲帶交會對話或眾聲交鳴，面對單元化言論的強勢意識形態或土著本位主義，華裔作家若不銷聲匿跡，就是重返小我的象牙塔內，書寫花邊文學，吟風弄月一番。再不然就是成為異議分子，書寫抗議文學，或者自我流放他鄉。繼續在馬來西亞用方塊字書寫而有意寫詩言志的馬華作家，為了逃避文字獄，也唯有將異化的語言轉換成官方可接受的隱晦語碼，或隱身各種文類（如寓言、科幻、諷刺等）之間。文學刊物為了出版准證，也唯有謹慎地自律，以為瓦全。在一九八七年十二月馬哈迪政府大事逮捕異議人士的「茅草行動」之後，敏感課題更沒人敢碰。老字號的文學刊物如《蕉風月刊》後來也在稿約聲明：「來稿內容避免涉及政治、種族宗教、教育等敏感問題。」稿約當然可能只是障眼法，但是華裔作家不得不自我設限的心態情結也顯露無遺。馬華作家如果沒有強烈的「求真意志」（will to truth）要表現自己的文化情結，又如何彰顯華裔的馬來西亞經驗或感性呢？

　　即使只談風月，不談文學、文化與政治，只要書寫人使用的是方塊字，即已落入政治範疇了。誠如哈列斯（Syed C. Harrex）所說，在馬來西亞，不管使用何種當地通行的語言書寫，本身就是某種具

特殊意義的政治行為。[14]另一方面,任何語言文字,背後自有其文學與文化傳統,馬來文如此,華文也不例外。華文背後的大傳統為先秦諸子四書五經等文化思想,以及詩經楚辭漢賦唐詩宋詞元曲明清戲劇小說的中國傳統文學遺產。馬華作家接受這個文學與文化傳統的涵泳,認同的是「歷史中國」與「文化中國」,而非實際政治上的政權版圖。[15]畢竟血濃於水,只要是用方塊字書寫,不管身處何國何地,都難以割捨這份母體文化情懷。馬華作家跟馬來作家一樣,認同馬來西亞這塊土地這個國家,自毋庸置疑,可是下筆行文,既不能感時憂國(否則就要涉及政治、宗教、教育、種族等敏感課題了),又不便認同源頭活水的母體文化,馬華文學還能表現什麼?這顯然是個內外交迫的難題。在這沒有四季的熱帶國家,文人騷客要傷春悲秋恐怕也得另外尋找一種語彙。文字與政治、文學與文化、教育與語言之間糾纏不清的辨證關係,正是造成馬華作家的文化屬性危機的關鍵所在。

　　馬華作家無法像馬來作家,或部分馬印作家,或其他第三世界國家的寫作人一樣放開來寫,只好抒寫低調的個人呻吟或輕描淡寫

---

[14] 見 Harrex 317。陳文平(Woon-Ping Chin Holaday)也指出,同樣是寫英文詩,馬來詩人穆漢末・哈吉・薩雷(Muhammed Haji Salleh)「用英文具體呈現了馬來人的屬性、歷史和權力」,而華裔詩人余長豐(Ee Tiang Hong)「則用英文來表達非馬來人遭受排擠、他們的挫折感與焦慮」(Woon 140)。

[15] 佛洛(Jeannette L. Faurot)認為華人之為華人(Chineseness)源自華人對中華文化而非政治實體的忠誠,他們認為自己身上保存了輝煌的傳統文化。見 Faurot 19, 21。

的「輕文學」。有些學者甚至認為不獨馬華作家如此，馬英作家下筆也難免避重就輕。哈列斯比較了印度與馬來西亞的英文作家後指出，印英作家比馬英作家更勇於觸及社會問題，因為印度知識分子具有悠久的異議傳統，文學自然成為社會良知。而在屬於多元種族社會的馬來西亞，政府視社會與政治批評為違反國家利益及破壞種族和諧之舉，加上對左翼思想的顧忌，結果馬英作家無法像其他英聯邦（大英國協）成員國的寫作人一樣鼓起勇氣為公理與正義執言，只好書寫「非政治」性質的文章了（Harrex 317）。[16] 馬華作家的書寫媒語是華文，更是敏感的文字。

　　儘管官方推行的是單元化的語言與文化政策，馬華作家處身多元社會，仍難免要跟其他文化對話。因此，大部分作家具備兩種文化特性：一為中華文化，一為本土文化。在言語上，這兩種文化壁壘分明，一為方塊文字，一為拼音字母。但是，兩種言語必須對話，否則符象與符義的關係被任意扭曲，溝通系統崩潰，就像張貴興（1988）的短篇〈彎刀・蘭花・左輪槍〉裡對峙局面所展現的文化屬性危機。目前，新生代華裔多屬多聲帶，開口能說至少一種漢語方言，加上華語、馬來語、英語（視教育背景而定）；下筆能寫馬來文、華文、英文。眾聲交鳴的現象發生在自我身上，母語成為「自

---

[16] 哈列斯指的也許是早年的馬英詩人。當代勇於以詩言志的馬英詩人如已故余長豐者尚有拉貞德拉（Cecil Rajendra）。他是印裔律師，常給英文《星報》（*The Star*）寫稿，曾被拉菲爾（Burton Raffel）譽為「馬來西亞最好的英文詩人」。拉菲爾評拉貞德拉一九八七年在瑞士出版詩集《浴火之鴿》（*Dove on Fire*）的文章，見 Raffel 236。

我」，其他語文則是「他者」，在自我的內在語言體系裡對話。將來，或許隨著華文教育的「退隱」，華語華文將退而隱去（自我被疏離核心後往往因壓抑而傾向隱匿），馬來語（國語）成為口說與書寫的第一語言，華語退居方言，淪為口語，把目前的強勢／弱勢關係轉換成一清二楚的官話／方言二元對立結構。除非馬來西亞的教育與語言政策有所改革，否則從目前華文文教的處境看來，恐怕華裔作家有朝一日要面臨失聲危機，無法用母語來表達自己。而失聲之後，書寫的自我之角色也就模糊不清了，如果書寫的人要繼續書寫下去，就得轉向拼音文字（馬來文？英文？）認同，否則也就難免失身了。

徵引文獻：

Andaya, Barbara Watson & Leonard Y. Andaya（1982）. *A History of Malaysia*（London：Macmillan）.

Chin, Holaday Woon-Ping（1988）. "Hybrid Blooms：The Emergent Poetry in English of Malaysia and Singapore." Clayton Koelb & Susan Noakes（eds.）：*The Comparative Perspective on Literature：Approaches to Theory and Practice*（Ithaca：Cornell University Press）, 130-146.

Faurot, Jeannette L.（1987）. "Nationalism in Modern Chinese Literature." Michael Craig Hillman（ed.）：*Essays on Nationalism and Asian Literature*（Austin：Literature East & West, University of Texas）, 19-34.

Goh Cheng Teik.（1971）. *The May Thirteenth Incident and Democracy in Malaysia*（Kuala Lumpur：Oxford University Press）.

Harrex, Syed C.（1981）. "Social Change and Fictional Dynamics：An Approach to Some Indian and Malaysian English-Language Writers." Wang Gungwu, W. Guerrero & D. Marr （eds.）：*Society and the Writer：Essays on Literature in Modern Asia*（Camberra：Research School of Pacific Studies, Australian National University）, 295-319.

Raffel, Burton（1989）. "Malaysian Plainspeak." *The Literary Review* 32.2：263-266.

Shellabear, W. G.（ed.）（1977）. *Sejarah Melayu* （Petaling Jaya：Penerbit Fajar Bakti）.

中國時報（編）.（1972）《風雨故人》（台北：晨鐘出版社）。

市政局（編）（1988）。《市政局中文文學週十周年誌慶紀念論文集》（香港：市政局公共圖書館）。

周策縱（1988）。〈總結辭〉。王潤華、白豪士 [Horst Pastoors]（編）：《東南亞文學：第二屆華文文學大同世界國際會議論文集》（新加坡：新加坡歌德學院／新加坡作家協會），359-362。

張系國（1990）。〈霧鎖商洋〉。《男人的手帕》（台北：洪範書店），163-69。

張貴興（1988）。〈彎刀・蘭花・左輪槍〉。《柯珊的兒女》（台北：遠流出版公司），175-235。

張錦忠（1984）。〈華裔馬來西亞文學〉。《蕉風月刊》no.374（July）：11-13。

黃國彬（1988）。〈中文勝法文〉。市政局（編）1988：80-81。

黃錦樹（1990）。〈「馬華文學」全稱芻議：馬來西亞華人文學與華文文學初

探〉。《新潮》no.49：88-94。

黃錦樹（1990a）。〈「旅台文學特區」的意義探究〉。《大馬青年》no.8：39-47。

趙令揚（1988）。〈從華文文學談起〉。市政局（編）1988：76-79。

劉紹銘（1989）。《獨留香水向黃昏》（台北：九歌出版社）。

† 本文原發表於《中外文學》19.12（1991）：34-46。修訂於 2018.12。

南洋論述／在地知識

——他者的局限

一、以在地知識論述南洋，以葛爾之（Geertz）為例

　　許多學者的詮釋活動，依憑的是一套自以為放諸四海皆準的知識模式。這種情形，歐美學界尤其嚴重。來自第三世界社群的比較學者，談到這種有意無意忽視他者存在的現象，幾乎無法不滿懷敵意。[1] 人類學家或民族誌學者所研究的，往往是殖民地前身的社會、

---

[1]　（一）廖炳惠教授也曾提及晚近若干學者的東－西論述「不自禁地透露出潛藏的敵意」，他並特別舉了張隆溪為例。見廖炳惠 64。文章原為廖教授用英文宣讀的會議論文。廖文引述的張隆溪文章，見 Zhang Longxi, "The Myth of the Other：China in the West," *Critical Inquiry* 15.1 （1988）：108-131。（二）「潛藏的敵意」與他者的關係，其實也是相當具有巴赫金色彩（Bakhtinian）的。巴赫金「潛藏的爭論」說指出，作者言論在建構論述對象之際，其言辭往往給與他者言論中

文化與族群，或受新殖民主義宰制的區域，[2]更難免以自己的文化模式為框框，硬套在他者的論述場域，藉之再現他者的歷史與社會。結果他者淪為僅僅是論述（或扭曲）的對象，沒有主體性可言。易言之，他者即局限。人類學或民族誌既無法不詮釋或再現他者，也就難以避免他者的局限了。

　　但是，在主體與客體之間，他者是誰？誰又是自己？或者根本沒有他者，他者只是〔我們〕自己刻意的「發明」，就像歐洲論述中的「東方」（參閱 Said：1）？他者之為他者，是以時空的遠近、古今為準繩嗎？還是以國家的大小貧富、種族的膚色、語言、宗教、性別、階級的高低來決定？究竟再現之內／外力量是什麼？以某一文學文本或歷史篇什為言論或論述之所本〔是為言本（text）〕，乃從內或外再現他者？或者根本沒有內外之分，因為一切論述與言辭都「總已」是再現？本文不擬回答這些問題。他者的局限即〔我〕自己的局限。

　　他者即局限。或許我們大可進一步指出，他者的再現即他者的

的相同論題「爭論性的一擊」，而他者的言論也藉此影響了作者的言論，遂產生雙聲言語。見 Bakhtin 195-197。把他者的言論擺在巴赫金論述脈絡裡，雖非直接關涉南洋論述或在地知識，卻不失為研究他者的光明大道。不過，那是另外一種讀法了，這裡無意致力於此。時下諸家的篇什，已蔚為大觀，請自行參閱。添加此蛇足之意，僅在指出「敵意」與「爭論性」具凸顯他者的互動功能，值得進一步分析。

[2] 皮柯樂也指出「西方所謂的『人類學』，大多在老殖民地或新殖民地區進行，自是明顯不過」。見 Pecora 249。何以「自是明顯不過」他並未申述。這其實也是地理政治學，裡頭自有其意識形態。

局限。透過自己的言論（本文交替使用言論與論述二詞來表示 discourse 之意），再現出來的他者，到底應具什麼面貌？這是一個認知或實證問題？或只是閱讀的寓言？恐怕也不易回答。但是書寫他者或閱讀他者的論述，卻不得不觸及這「不可觸的」。人類學家如葛爾之（Clifford Geertz）高談在地知識（local knowledge），[3]大有人類學知識不落實本土便非知識之意。[4]但是從他者與再現的觀點來看，葛爾之所謂的在地知識也只是局部知識，仍然是他者的局限。葛爾之的論述，是認知的問題，也是實證的問題，更是閱讀的寓言。透過他的文化詮釋，再現出來的他者，是逼真到什麼地步的他者？以描述他者的語言來替代他者的存在，展示的其實是語言的權威，再現的他者也只是局部的他者。

　　葛爾之的詮釋人類學，借用符號學觀念詮釋文化，他認為符號乃有待詮釋的語言，符號學也並非只是研究符號系統或符碼與意義關係的科學，而是一種以社會成文（social contextualization）為背景的思考模式。此外，他也大量借用文學典故來增強分析修辭和了解他者的本事。對他而言，文學論述與文化人類學文獻篇什的言論並沒有太大的差異。他舉了峇厘島（Bali）為例說，我們詮釋或評論峇厘人再現他們眼中的世間事物之方式，跟解釋珍・奧斯婷、哈代、福

---

[3] 前譯「戈爾資」。Geertz 譯名頗紛紜，「格爾茨」、「紀爾茲」、「吉爾茲」皆有人譯，本文改譯為「葛爾之」。

[4] 用葛爾之自己的話，則是「知識的形態總是無法避免在地」。皮柯樂則反過來，說葛爾之主張「人類學知識唯有在地的才能算是知識」。見 Geertz 1983：4；Pecora 246。

克納諸小說家筆下的生活面貌一樣，都是「同樣的活動，不同的只是進行方式」，其實都是「道德想像的社會史」（1983：8）。跟《傲慢與偏見》或《聲音與憤怒》這樣的英美文學文本不同的是，峇厘島是遠在他鄉的地理現象，因此需要一套在地知識來做詮釋的共謀。這套描述性的知識，包括對一個地方的語言辭彙、親屬稱謂、宗教、政治、民俗儀式、育樂活動的了解與據用。簡而言之，即把研究的社會現象置諸當地色彩或意識架構，彰顯其脈絡，讓他者自我再現出來，而非研究者閉門造車，大作因果分析文章（1983：6），或以化約處理一切問題。或者，用葛爾之自己的話，在地知識即「將自己置身他者之間」（1983：16）。這種說法，其實卑之無甚高論，只是馬里諾斯基（Bronislaw Malinowski）的「當地人觀點」舊調重彈。儘管比起傳統歐美人類學家以殖民地官員文獻、傳教士札記，或旅人遊記為主要論述材料，研究視界大多為充滿種族或文化沙文主義的整體性，葛爾之書寫的似乎是友善得多的文化異己關係，至少他願意讓自己「置身他者之間」，正視他者及其主體性，讓自己也成為當地人眼中的他者，甚至藉詮釋當地文化或政治來批判西方人士對西方文化與政治的觀點，擺出他山之石、可以攻錯的態度。可是誠如柯勒邦察諾（Vincent Crapanzano）所指出，在峇厘「他的主體性跟〔當地〕村民的主體性與內延性混淆不分」，峇厘人「成為葛爾之描述、詮釋與論述甚至自我表現的襯托」（63）。

　　一九七三年，葛爾之的《文化詮釋》（*The Interpretation of Cultures*）一書出版，收入他一九五七年至一九七二年的文化論述多篇。文章以實證為主，同時提出詮釋文化理論與文化象徵系統的說法。十年

後出版的續編，便直接題為《在地知識》（*Local Knowledge*），並以之為詮釋人類學的理論架構。二書中若干論點，尤其是有關他者與再現的言論，更成為八〇年代盛行美國學界的新歷史主義的其中一股源頭活水。新歷史主義的「始作俑者」葛林伯樂（Stephen Greenblatt）近年也常用「文化詩學」（cultural poetics / poetics of culture）一詞來指稱他們那一套文學或文化研究模式。[5]晚近文化批判或文化批評論述風起雲湧，人類學界也受波及，將二十世紀人類學納入文化批判的脈絡，而葛爾之及其詮釋人類學理論也順理成章成為論述切入點。[6]

　　葛爾之的在地知識主要論述場域為印尼的爪哇與峇厘。《文化詮釋》最後一章即以峇厘人的鬥雞文化為題材。一九五八年四月，葛氏夫婦抵達峇厘島某村落。村裡約有五百人，但除了房東與村長，沒有人理睬他們。葛爾之覺得自己雖是闖入者，村人卻漠視他們的存在，似乎他們並非人類，只是肉眼看不見的空氣。這跟他在別地方受到熱情待遇大異其趣。一日，夫婦二人擠在人群中圍觀鬥雞，警察前往取締時，村人紛紛作鳥獸散，葛氏夫婦也落荒而逃。經此

---

[5] 葛林伯樂夫子自道說，七〇年代中葉他在柏克萊加州大學開「馬克思主義美學」等課，一日，有人大聲喝道：「你不是布爾什維克黨人，又不是孟什維克黨人——到底算他媽的什麼玩意兒！」說罷怒沖沖離去。從此葛氏諸課就改稱「文化詩學」等名堂。是否真有其事，不得而知，不過新歷史主義學者喜歡引述小故事，此為一例。見 Greenblatt 2。

[6] 例如，馬珂思（George E. Marcus）與費詩（Michael M. J. Fischer）一九八六年出版的書，便題為《作為文化批判的人類學》（Anthropology as Cultural Critique：An Experimental Moment in the Human Sciences）。

一「役」，峇厘人方才接納了他們的存在。葛爾之認為自己有幸身歷其境，從內部深深體會「莊稼人心思」，十分難得，故文章題為〈深戲〉（"Deep Play"）（1973：46）。文章接著詳細敘議峇厘人的鬥雞文化，結論指出一民族的文化即一套文本，有其自身的詮釋方式，他者應學習如何掌握文意，而非以功能論或精神分析法去探索（1973：453）。葛爾之用峇厘人的鬥雞文化「註釋」一九六五年四萬八千峇厘人遭殘殺（屠殺？）的十二月事件，指出鬥雞這類民間行徑更能詮釋村人對生命的態度。其實，峇厘莊稼人心思裡頭的異己關係，葛爾之的鬥雞敘事並沒法解釋。僅僅詮釋屠殺事件的象徵結構，也沒有揭示事件的肇因或真相。葛爾之所親身經歷的，是本地人與異鄉人的異己辯證關係。克麗絲緹娃（Julia Kristeva）在《吾本陌生人》（Strangers to Ourselves）中指出，「每個本地人都會覺得，在自己本身（own and proper）的土地上，自己差不多也是個異鄉人，因而深感不安，有如面對性別、國家、政治，或職業等屬性問題。這迫使他接著不得不跟他人認同」（1991：19）。葛爾之這位真正的異鄉人初抵峇厘小村時，村民因他的出現而意識到自己的異鄉性，認識到他者其實是「自己本身」的潛意識，故而他們保持沉默，或對他視若無睹。焉知他們內心沒有一番掙扎：「我們不該結合起來嗎？維持『我們自己』，驅逐闖入者，或至少要他安分守己？」（1991：20）鬥雞事件之後，主僕易位，在爪哇人警察的追捕之下，異鄉人與村人一道逃竄，結果本地人與異鄉人互相認同，彼此交往融洽。這位來自遠方的異鄉人對當地人的主體性顯然沒有威脅（有威脅的是他們身邊的異鄉人：爪哇人或華人）。至於一九六五年的十二月（「十

月政變」二個月後）事件，據說是峇厘人互相殘殺，也不一定就是事實，恐怕還有別的政治因素，無關天地不仁。換個詮釋角度，即使不用其他政治或歷史文件來描述事件的外因，也可分析為被侵犯的自我對他者殺機大起，要把闖入的異鄉人殺掉，以報復自我的被他者侵犯。這跟克麗絲緹娃的原意或許不太一樣，不過用來詮釋一些東南亞本地人排華事件的心理背景，正好可以證明華族在這區域遭受的敵意（又是值得詳加研究的「敵意」！），與華裔在歐美受到的種族歧視並不盡相同，並不是通過「反歧視法案」就可以諸族共和，水乳交融。

　　葛爾之視鬥雞或皮影戲為文化符號，藉之詮釋再現的社會或族群之內部意識或力量。鬥雞或皮影戲乃成為他用來「揭示、界定及強加諸文化思想中之可辨形態」的意象或象徵（Marcus and Fischer 14）。《文化詮釋》論述的對象，除了印尼與摩洛哥外，尚有馬來西亞、印度、緬甸、黎巴嫩、奈及利亞等戰後獨立國家的社會與政治概況。在地知識的局限，見諸葛爾之選用象徵符號的視野問題及科學客觀性之外，也可以從他無能為力處理這些新興國家的意識形態、民族主義、外國干預等政治問題見出端倪。《文化詮釋》一書探討印尼一九六五年十月事件的地方不少，但是，儘管有在地知識做為後盾，葛爾之仍然無法再現他者的事件真貌。他的「意識形態之為文化系統」或「政治意義」言論，箇中內容其實多為一般常識，即使一般人類學家沒有在地知識背景，也可能提出類似觀點。就這一點而言，在地知識不但沒有幫助我們更了解當地本土或更接近真相，反而暴露出其局部性及葛爾之身為他者的局限。我們甚至難免要問：

到底有沒有在地知識這回事？柯勒邦察諾也指出，葛爾之根本沒有真正描述過一場鬥雞，「他只是建構了峇厘人的鬥雞，然後把他的建構詮釋為：『峇厘人的鬥雞』」（Crapanzano 68）。

誠如皮柯樂（Vincent P. Pecora）所提出，印尼一九六五年的十月事件，其實無法局部依據印尼當局或爪哇人的官方說法來詮釋。[7]蘇卡諾政府垮台，究竟是印尼共產黨（PKI）流產革命所致，還是蘇哈托等軍人奪權成功結果，或者是經濟蕭條、民心向背造成？恐怕不能單憑內部的象徵符碼或文化意象來詮釋，還得參照外面的大背景（grand texture）來呈現真貌，如果歷史有真貌的話。韓戰以後，南海的戰略地位日漸重要。法國勢力撤離中南半島後，美國的影響力乘虛而入，艦隊經常在馬六甲海峽、南中國海一帶巡邏。而在東南亞，一九五五年四月，二十九個亞非獨立國家在印尼召開萬隆會議（Bandung Conference），發起人之一的印尼總統蘇卡諾聲望如日中天。他強烈反殖民主義，與印共來往甚密，跟北京關係良好。儘管蘇卡諾的激進民族主義、印尼人的民族主義、印度尼西亞共產黨、親北京派（包括華人）及北京政府之間，其實是複雜的矛盾與辯證關係，[8]美國卻不得不擔心一旦印尼共產黨成功掌權，東南亞的後門

---

[7] 皮柯樂質疑葛爾之所謂在地知識的局限之外，也質疑葛氏理論在文學批評界的作用，同時矛頭指向新歷史主義。他甚至認為，葛爾之一九七二年發表那篇關於峇厘人鬥雞的文章，其實並非旨在闡明一套人類學方法，而在混淆西方人士視聽，以掩飾或開脫他們七年前在印尼的過錯。見 Pecora 262。

[8] 早期被視為支持印尼共產黨顛覆活動的是蘇聯，而非中共。中華人民共和國成立，對印尼民族主義者而言，代表了新亞精神，頗有鼓舞作用。到了五〇年

大開，加上中南半島共產化所可能產生的骨牌效應，難免損及美國的亞洲利益。而美國維持其亞洲（及中南美洲）利益的方式或一貫作風，即是干預或左右當地政府的權力轉移，尤其是扶植軍人團體，或政變或推出右派強人取代左傾文人政府，以確保該地區的親美（或親〔資本主義〕西方）及非（反）共產主義立場。美國中央情報局一方面資助當地的「叛亂」活動（例如一九五八年的蘇門答臘及蘇拉威西等外島的反蘇卡諾活動），另一方面也在美國及海外（例如台灣）訓練「有志之士」以便他們在適當時機回國舉事。皮柯樂引了當年的《紐約時報》中央情報局報告書、前情報員麥格希（Ralph McGehee）及其他學者的話，證明美國的確插手印尼的十月事件（Pecora 250-257）。比較之下，東南亞國家中，似乎只有馬來西亞、新加坡、泰國的領導人能夠致力排除外來干預力量，以自己的意識形態建國，儘管這些國家也有相當程度的親美政策。就這一點而言，葛爾之視峇厘人的鬥雞為「典範性事件」，因為「鬥雞讓峇厘人看見自己主體性的一面，就像我們再三閱讀《馬克白》後之所得」（1973：450），其實意義不大。葛爾之以鬥雞註釋或詮釋峇厘十二

代末期，印尼排華或反華事件惡化（如禁止華籍外僑[yang bersifat asing]在鄉間經營雜貨店），雙方關係進入低潮，印共處境也十分尷尬。北京當局甚至在電台攻擊印尼慘無人道，以納粹迫害猶太人的手段對待華人。一九六〇年大批身懷技術的知識青年返華。一九六一年陳毅訪印，雙方簽署雙重國籍條約，關係稍微改善。但一九六三年五月，西爪哇等地再次發生排華暴動，時值蘇卡諾政府經濟政策失敗，社會不安，華人財富更令人眼紅，反共右派分子擔心蘇卡諾太接近北京，遂不惜利用反華暴動表達不滿。一九六五年以後，局勢更是一面倒。詳見 Mackie （1976）。

月事件或印尼十月事件，並以《馬克白》或《李爾王》為評點文本，凸顯文本互通的詮釋或細讀之道。但鬥雞這象徵符碼或系統所蘊涵的，其實是峇厘人在峇厘人之間的文本，主體性自在其中，他們到底看見了自己的哪一面？葛爾之看見的，又是他者的哪一面？分析到底，很可能他們並沒有看見他們自己，因為他們一如所有的他者，已局限在自己文本的局部之內，成為他人（如葛爾之）觀視的他者。故此，他者即自己的局限，「他者」即他者的局限。他者也是在地知識的局限，需要外延（outside，而非 extrinsic）知識來彰顯（他者及局限），尤其是歷史、政治，及經濟活動。而葛爾之的在地知識論或詮釋人類學，為人（例如 Lentricchia 242n8）詬病之處，即欠缺歷史與政治性（ahistorical, apolitical）。

　　一九九〇年冬，美國的文學期刊《新文學史》（*New Literary History*）刊出論述歷史與其他人文學科關係專輯，其中葛爾之一九八八年的文章〈歷史與人類學〉（"History and Anthropology"）重提異己關係，論及歷史（這門學科，葛爾之如是區分）與人類學（這門科學）的互動（包括反與合）功能。歷史述古，人類學道遠，有時古今遠近交會互通，其實都不外是再現他者這回事。文中提到有兩批人正在致力結合歷史與人類學，其中一派格外強調探索「意義在權力中的困境」，如國家建構與運作的象徵形式（Geertz 1990：329）。葛爾之自己顯然也屬於這一派。但是，他藉鬥雞探索印尼十月事件中權力運作的意義與象徵形式，似乎未能讓人類學與歷史真正交會。說二者交會，其實就是 anthropologized history 與 historicized anthropology 這回事，不過是賣弄交錯格修辭（chiasmus），一如新歷

史主義學者所強調的後結構歷史觀：文本之歷史性與歷史之文本性的交會（參見，例如 Montrose 20）。人類學敘事裡頭再現的現實歷史與政治秩序其實正好證明政治或歷史之難免被敘事化或文本化，史實與史筆（歷史修辭）已密不可分。換句話說，權力符號的涵義已無法抽離，敘事乃成為助使政治成為故弄亦虛（political mystification）的形式。葛爾之的詮釋人類學視意識形態為文化系統，其實是把政治與歷史文本化、符號化。他在〈歷史與人類學〉文中引述了魏冷之（Sean Wilentz）論及象徵詮釋局限的修辭設問：「如果所有政治秩序皆受制於大敘事體（master fictions），找出歷史修辭與歷史現實的分歧點是否還有意義？」（331）魏冷之的意思是，所謂客觀現實，其實已被轉譯為另一種虛構的敘事體了。葛爾之在八〇年代末期書寫〈歷〉文，看似重新肯定人類學與歷史的互動互補關係，其實仍然重蹈了前述二書中的局限。

　　人類學家或民族誌學者再現或「發明」他者的社會與文化，反映了西方學者致力建構一集體自我（collective self）及西方擴張主義傳統。[9] 相形之下，他者是一個「渺小、稚幼得多，處於文化邊陲」

---

[9]　（一）例如「資本主義」、「自由世界」或「伊莉莎白時代世界觀」、「歐洲共同體」。西方學者建構集體自我意識自有其悠久的經濟傳統。沃勒斯坦（Immanuel Wallerstein 1974, 1980） 的二冊《現代世界體系》（*The Modern World-System I：Capitalist Agriculture and the Origins of the European World-Economy in the Sixteenth Century; The Modern World-System II：Mercantilism and Consolidation of the European World-Economy, 1600-1750*）中的「世界體系」即以歐洲「世界經濟」為中心，餘者分為周邊地區與界外區域，為典型的唯歐陸中心論。正如若干學者所指出，沃氏的理論在論述馬來半島及南洋群島時，顯然有所不足。參見 Lieberman

的他者（Geertz 1990：334）。這局部解釋了何以西方人類學家研究的大多為第三世界地區。就這一層意義而言，葛爾之強調「歷史與人類學」的「與」字，才有顛覆的力量與意義。不過，葛爾之顯然沒有這個意圖，因為他的在地知識系統原本就重建構而輕（或反）顛覆或解構。

二、華族文化在南洋的重重問題，以馬來西亞為例

一九八六年八月間，台灣留美作家張系國到新加坡與馬來西亞一行，後來寫了篇論述星馬華人社會問題的短文〈霧鎖南洋〉（1990），為一個華族他者對他者的再現。東南亞與中國政經史地、文化、種族關係密切，南來或過境的中國人士著書立說，以南洋為論述場域的頗為不少。這些他者的詮釋活動，蘊藏了什麼潛在文本（subtext），再現了什麼局限，他們論述南洋文化時，中國文化的大背景或大敘事體的意義何在，在地知識與當地人的主體性又在何處？問題可以（而且勢必）衍生重重問題。張系國的論點有二：（一）星馬華人社

（1990）。不過，李伯曼的評論無意也無法建構東南亞主體性，僅旨在把南洋群島從界外拉進體系周邊，著重凸顯歐洲經濟影響的無遠弗屆，而非揭示帝國主義或老殖民主義者在這地區的侵略、掠奪或拓殖歷史。（二）相對於「資本主義世界」這類現代西方集體自我的集體他者，在冷戰時期，為「共產世界」、「極權國家」、「華沙公約集團」（不過，他們相對地視歐美國家為「帝國主義」或「殖民主義」他者）。「第三世界國家」也是一集體自我，然而往往被西方國家論述為「貧窮、不民主、發展中（或未開發）、處於文化邊陲（或文化落後）」的他者。

會由於中文面臨英文與馬來文的威脅，中國文化傳統已難逃沒落的
厄運；（二）南洋華族很可能不得不依靠傳統民俗活動維繫中華民
族文化屬性。一九九〇年夏，我撰寫〈馬華文學：離心與隱匿的書
寫人〉[10]一文時，順便借用了張系國文中的話，指出八〇年代的華
裔馬來西亞作家多視文學為象徵符號，藉書寫來表現「家國、社群、
語言及文化面臨存亡絕續危機的悲劇」（我當時的例子是洪泉、傳
承得，其實還可以加上宋子衡、菊凡與小黑）。[11]張系國認為海外
華人作家抒發這種歷史與文化悲劇感，正代表了「大陸邊緣地區的
華人文學」（他也稱之為「海洋中國文學」）的特質（張系國 167）。
顯然在他的問題範疇裡，傳統中國文化即文學、語言、書寫的成文
化（contextualization），中文在南洋的沒落即中國文化傳統的解體
（de[con]textualization），因而產生這樣的問題：「究竟什麼才是文
化？三十年後的星馬南洋會是怎樣？」（張系國 169）換個說法，則
是：失去（或即將失去）傳統中國文化的華族，他們（現在／未來）
的文化屬性為何？他們（現在／未來）的文化特質為何？

　　思考這些問題，一如葛爾之的印尼論述，單有在地知識並不夠，
需要把思考對象擺在一個較大的外延知識脈絡，由外而內，方能找
到進入這些問題的複雜結構範疇之途徑。易言之，再現的外部力量

---

[10]　即本書中的〈離心與隱匿：七、八〇年代馬華文學書寫的處境〉一文。

[11]　拙文後來刊在《中外文學》19.12（1991）：34-46。撰寫時小黑〔陳奇傑〕（1990）
　　的小說集《前夕》（吉隆坡：十方）尚未出版。當時引張系國的話也只求方便，
　　如今從後殖民論述、小文學或複系統理論來反省，就不以為然了，尤其是「家
　　國文化存亡」這樣的論調。

雖然仍無法避免他者的局限，卻可局限再現他者的上下文。因此，在論述南洋時，東南亞諸國的本土化政策、華族在這些國家的處境等知識固然重要，東南亞國家與中國的複雜關係（包括彼此潛藏的敵意），中國如何再現這些國家與人民、甚至「中國」這名詞所指涉的具體與象徵對象（大陸？台灣？文學中國？文化中國？），也是重要的文本符碼。

　　張系國關於南洋中國傳統文化的言論，屬於「（中華）民族文化的危機與重建」的論述脈絡，其實也是東南亞華族知識分子老生常談的課題。以馬來西亞為例，華族文化危機是什麼？張系國看到的「善才公廟」之類的民間廟宇或佛寺，香火鼎盛，百年後恐怕也不會斷絕，至於舞獅、舞龍、耍大旗、下象棋、功夫、中華料理這些較宗教儀式更容易流行的「中華文化」，恐怕也不會有人嫌它們有礙全民團結或違反國家原則而加以打壓。但是，這些就是馬來西亞（以及東南亞）華族的傳統文化嗎？《方言群認同：早期星馬華人的分類法則》作者社會學家麥留芳（1985）許多年前談論馬華文化時即指出，這些文娛活動「其實僅是華裔文化中次要的要素，要把這些納入任何文化體系中皆毫無困難。三藩市、紐約、溫哥華及倫敦等地皆有華人玩這些東西。……它們並不是中國文化或華裔文化的本質。它們只是一些文化本質的表現方式」（劉放 55）。換句話說，這類娛樂活動或飲食文化即使在各族間廣受歡迎，也不表示華族文化復興，就像劉紹銘所說的，儘管美國說西班牙話的拉丁裔近年呈現一股「激盪的新精神」，也「僅是浮像，道理與在異邦喝功夫茶、穿棉襖、聽京戲一樣，僅是對主流文化之捕風捉影而已」，因為文

化的建立乃以語言文字為本位（劉紹銘 116-17）。而在馬來西亞，究竟什麼是華族文化，華族文化與國家主流文化關係如何，華裔大馬人（馬來西亞簡稱「大馬」，即馬來半島加上砂勝越與沙巴二州）是否有「失去自己文化的恐懼」（借用劉紹銘譯文措辭）？

　　這重重問題也勢必衍生更多的問題。這裡無意詳論，我的論點有三：

　　（一）儘管中國傳統文化已經（或即將）在南洋沒落，華裔大馬人仍〔應〕能建立自己的民族氣質（精神面貌）與文化特質（包括運作宗教、文學、哲學、教育、藝術、政治、經濟活動的方式）。我們不要再抽象或籠統地概念化文化這回事，而應結合歷史與人類學或社會學知識，實證地探討華裔大馬人的精神性格、民族經驗、工作風格、道德倫理、學術理念、生活模式及文學表現等記錄文化。華裔大馬人的表現文化，應〔能〕擺脫「家國、社群、語言是文化面臨存亡絕續危機的悲劇」的象徵符號與意識形態。中國文化傳統在異域的解體（如果已經解體）反而證明文化的變遷性。而促成一種文化轉變的主觀與客觀、內在與外延因素甚多，政治與經濟更是箇中關鍵。換句話說，中國傳統華族文化在南洋沒落，只是華族文化本質的演變或中華文化離開中國情境後的命運，並不表示華裔東南亞人從此就沒有文化。即使從語言文字本位出發，以英文（如馬來西亞的李國良、黃佩南，新加坡的林寶音、戴尚志、Robert Yeo、Arthur Yap 等）或馬來文書寫（如馬來西亞的張發、碧澄、林天英、楊謙來）的華裔作家所呈現的仍然是東南亞華族特質的文學表現。再舉個例子，新加坡華裔作家 Fiona Cheong 以英文書寫、由美國諾頓出

版的長篇小說《鬼香》（*The Scent of Gods*）仍然有別於湯亭亭、譚恩美等亞裔美國人的作品。同樣是用英文描敘南洋這樣的地方，張女士的書寫也有別於康拉德、葛林、毛姆、白吉斯（Anthony Burgess）或瑟羅（Paul Theraux）關於南洋的敘事或報導文學。可見即使不用母語創作，也能寫出反映民族經驗的作品。美國猶太或非裔等少數族裔作家使用英文來抒情述懷，表達民族感情與生活，也一樣運用自如，不一定非用意第緒文或非洲文書寫不可。用英文寫小說的索爾・貝羅（Saul Bellow）與用意第緒文寫作的以撒・辛格（Issac B. Singer）的身分，一樣都是猶太裔美國作家，對猶太文化與美國文學的貢獻等值。中華文化或華夏文化的運作場域，自在中國本土，離開了中原，即使在台灣、香港、新加坡等以中華族裔為主體的社區，從後殖民論述的角度來看，什麼是（或究竟有多少）中國文化傳統，已頗具爭論性，更何況是在多元種族社會的馬來西亞。

　　（二）華族的語言、文學、文化與國語、國家文學、主體文化之關係，我覺得並非水火不容。易文－左哈爾（Itamar Even-Zohar 1978, 1990）的「複系統理論」（polysystem theory）頗能用來詮釋這種關係結構，同時也可以解釋南洋華族文化與中國華族文化的關係。這一點自當另文詳論。[12]

---

[12] 我在一九九五年五月六日於東吳大學舉辦之第十九屆全國比較文學會議發表的〈國家文學與文化計畫〉一文，即以易文－左哈爾教授之理論闡述這種複雜關係結構。進一步的研究則見我的博士論文 "Literary Interference and the Emergence of a Literary Polysystem," Diss. Department of Foreign Languages and Literatures, National Taiwan University, 1997。

　　（三）追究到底，與其高談華裔大馬人應如何建立文化自信，如何藉文化、翻譯、溝通消除種族隔膜，不如先消除華社各政黨、各方言群間的歧見，攜手齊心建構政治實力。[13]有了強勢政治力量作後盾，不怕文化沒有地位，一如十五世紀盛極一時的馬六甲文化。怕只怕華裔大馬人衣食足之後（華族早已沒物質上的後顧之憂）仍不談文化，更不用說思考什麼生命認知或「生存在這世界上的意義」這些劉紹銘（115）認為能提升生命的課題。而那時的馬華文化，也不一定是傳統中國文化。換句話說，「霧鎖南洋」的「霧」，並不是文化或語言，而是政治。

　　論點之（二）與（三）本文不擬申論。論點（一）的爭論性，牽涉的還是基本問題：他者與再現的局限。張系國或劉紹銘等華人〔籍／裔／族？〕海外學者論述或再現南洋華裔族群的文化時，他們掌握了多少在地知識？他們所掌握的在地知識，是擺在以「當地人觀點」作研究背景，或他們自己的中華意識與中國傳統文化的脈絡？論述東南亞華人社群的文學與文化，跟研究當地華僑或華人歷史其實頗有共通之處。通常南洋華僑或華人研究有幾種歸類方式，例如

---

[13] 劉紹銘教授也指出：「看來馬來西亞華人社會當務之急，不是憑譯作與創作去溝通民族間的了解，而是團結一致，鼓勵英才出來參加競選，務使華人能打入政府的高階層，成為華人的代言人」（1989：53）。其實，華裔大馬人組黨參政並不成問題，若干華教人士更加盟執政的國民陣線意圖「打入國陣，糾正國陣」，政府高階層也有華族部長與官員，但他們不見得能為華族利益發言。目前馬來西亞的政治仍以種族政黨與土著政策為主要結構，因此建國三十餘年，離「馬來西亞人的馬來西亞」目標愈遠矣。馬來西亞人也許要等到公元二○二○年才能實現這「後殖民」宏願。

「劃分出屬於中國的『華僑』史部分和屬於東南亞的『華僑』史部分」、「把中國歷史擴大至甚至連華僑在東南亞的活動也包括進去」、「把大部分華僑史歸化為東南亞歷史的一部分」（王賡武 1987：242）。東南亞華文文學（史）與中國文學（史）的關係，如果曖昧不明，恐怕和南洋華僑與華僑跟中國的含糊或微妙關係一樣，自有其歷史與政治因素。一九四九年，中華人民共和國成立，國民黨政府遷台。而在東南亞地區，先後獨立的國家有菲律賓（一九四六年）、緬甸（一九四八年）、印尼（一九四五／一九四九年）、寮國（一九五三年）、柬埔寨（一九五三年）、南越與北越（一九五四年）、馬來亞（一九五七年，一九六三年擴大成為馬來西亞）、新加坡（一九六五年）。各新興國家的意識形態大相逕庭，華族在南洋各地的飄零離散（有如猶太人的 diaspora）而終於落葉歸根的遭遇也不一，甚至北京與台北的中國人政府跟這些海外華人建立的關係及對待他們的政策或態度也因時因利而異。另一方面，東南亞華族社群，已非旅居當地的「華僑」；這些入籍、歸化與土生土長的華人，儘管不少人仍然使用中文閱讀與書寫，或至少說中國方言，他們身上的「中華屬性」或「中華文化特質」勢必因政治、社會、文化情境不同而日漸消減或轉化。更何況誠如已退休的台灣大學東南亞史教授張奕善所說，「除了越南之外，中國對南洋其他地區的影響，經濟方面遠超過政治，文化又次之」（張奕善 2）。東南亞的華人文化、中華屬性或華人氣質（Chineseness）早已大異其趣或自成一體。因此，張系國認為南洋華人作家抒發的是家國或文化生死掙扎的悲劇感，或中華文化在南洋沒落甚至絕滅，恐怕擺在當地觀點的論述來談，並不盡

然如此，或其來有自。在南洋論述的範疇建構獨立於中國文學以外
的中文表現文學，例如馬華文學，很容易回到「馬華文藝的獨特性」
之類的歷史情境，但今天狹義的「馬華文藝」及「獨特性」的封閉系
統，其現代性的論述脈絡與價值已非昔比，中文表現文學恐怕只是
華裔書寫人的其中一種選擇，儘管選擇任何一種語言文學都不離政
治性問題範疇。不過，這也正好反映了華裔大馬人（及東南亞華裔
書寫人）的多元或多言面貌。

徵引文獻：

Bakhtin, Mikhail（1984）. *Problems of Dostoyevsky's Poetics*. Trans. Caryl Emerson
（Minneapolis：University of Minnesota Press）.

Crapanzano, Vincent（1992）. *Hermes' Dilemma and Hamlet's Desire：Of the
Epistemology of Interpretation* （Cambridge, Mass. : Harvard University
Press）.

Geertz, Clifford（1973）. *The Interpretation of Cultures*（New York : Basic Books）.

Geertz, Clifford（1983）. *Local Knowledge : Further Essays in Interpretive
Anthropology* （New York：Basic Books）.

Geertz, Clifford（1990）. "History and Anthropology" [1988]. *New Literary History*
21.2（Winter）：321-335.

Greenblatt, Stephen（1989）. "Toward a Poetics of Culture" *Veeser* 1989：1-14.

Kristeva, Julia （1991 ）. *Strangers to Ourselves*. Trans. Leon S. Roudiez

（Hertfordshire : Harvester Wheatsheaf）.

Lentricchia, Frank（1989）. "Foucault's Legacy：A New Historicism?" *Veeser* 1989：231-242.

Lieberman, Victor（1990）. "Wallerstein's System and the International Context of Early Modern Southeast Asian History." *Journal of Asian History* 24.1：70-90.

Mackie, J. A. C.（1976）. "Anti-Chinese Outbreaks in Indonesia, 1959-68." J.A.C. Mackie（ed.）: *The Chinese in Indonesia* （Honolulu : University Press of Hawaii）, 77-138.

Marcus, George E. & Michael M. J. Fischer （1986）. *Anthropology as Cultural Critique：An Experimental Moment in the Human Sciences* （Chicago : University of Chicago Press）.

Montrose, Louis A.（1989）. "The Poetics and Politics of Culture." *Veeser* 1989：15-36.

Pecora, Vincent P.（1989）. "The Limits of Local Knowledge." *Veeser* 1989：243-276.

Said, Edward W.（1979）. *Orientalism* （New York：Vintage）.

Veeser, H. Aram（ed.）（1989）. *The New Historicism* （London : Routledge）.

王賡武（1987）〈中國歷史著作中的東南亞華僑〉[1981]。蔡籌康、陳大冰譯；姚楠（編）:《東南亞與華人：王賡武教授論文選集》（北京：友誼），226-247。

張系國（1990）。〈霧鎖南洋〉。《男人的手帕》（台北：洪範書店），163-169。

張奕善（1969）。〈譯序〉。王賡武（著）《南洋華人簡史》。張奕善（譯）（台

北：水牛出版社），1-5。

廖炳惠 （1991）。〈閱讀他者之閱讀〉。翁振盛（譯），《中外文學》20.1：63-
75。

劉放 [麥留芳]（1979）。〈華裔文化通訊談〉。《流放集》（八打靈再也：蕉風
出版社），53-56。

劉紹銘（1989）。〈有關文化的聯想〉。《獨留香水向黃昏》（台北：九歌出版
社），113-118。

† 本文原發表於《中外文學》20.12（1992）：48-63。修訂於 2018.12。

馬華文學與文化屬性：
以獨立前若平文學活動為例

　　一九四九年杪，李炯才以《星洲日報》記者身分，到英國進修新聞學。當時在倫敦的馬來亞人和新加坡人臥虎藏龍，包括後來成為州蘇丹的馬來王子，風雲人物如阿都拉薩（Abdul Razak）、李光耀、杜進才、吳慶瑞等，更有不少共產黨人在活動，林豐美就在海德公園演講馬來亞游擊戰。這些新加坡與馬來亞留學生組織了「馬來亞論壇」（Malayan Forum），供寄寓倫敦的各族馬來亞知識分子在一起討論馬來亞建國與前途的問題，第一任主席是吳慶瑞。倫敦的華人留學生來自中國、香港、東南亞各地，以中國學生會為活動場所，會員關注的是中國政治。是年，中華人民共和國成立，國民黨人退守台灣，在那裡延續中華民國政府。英國隨即承認中共。國共雙方的同學會支持者經常激辯不已。李炯才說：「我雖然是中國人，受華人教育，但喜歡參加馬來亞人論壇的活動，多過到中國會所。……

參加論壇後，內心醒覺到我始終屬於馬來亞，而不是中國人」（1989：106）。他又寫道，國共之爭「跟我一點關係也沒有」，因為「母國雖然重要，但與我切身關係的，還是出生故鄉」。一年後，李炯才返回新加坡，「思想上已完全傾向馬來亞，開始關心當地政治」（1989：107）。[1]

　　李炯才六十九年前在離星馬七千哩外的倫敦的心路歷程，似乎代表了歐洲殖民主義後期，「海外中國人」政治認同的轉變與歸屬。「盜寇」或「不遵王法者」後人、「新客」本身及其第二代，「華僑」、

---

[1]　李炯才的《追尋自己的國家：一個南洋華人的心路歷程》原著為英文（Lee Khoon Choy, *The Personal Odyssey of a Nanyang Chinese : In Search of a Nation,* 1986），另有日譯本。中文版顯然出自匿名譯人手筆，譯者甚至極可能不只一人，因為書中若干行文措辭前後不一。茲舉數例：馬來西亞已故首相 Abdul Razak 即有「拉薩」與「拉札克」二譯名，李王榮與李玉榮顯然是同一人（應為「李玉榮」），同樣的例子還有黃望青與黃望晉（應為「黃望青」），黃思、黃士及黃時（應為「黃思」）、布士達與武士打曼、姆羅丁與峇哈魯丁等人名，其他如地名北大年譯為「雙溪伯泰尼」與「雙溪達年」，專有名詞 Malayan Forum 也同樣犯了一名多譯的毛病（「馬來亞人論壇」與「馬來亞論壇會」）。「林豐美」誤譯為「林鴻美」。此外，南洋水果 durian 慣稱為「榴槤」，而非「榴璉」；韓素音的小說 *And the Rain My Drink*（1955）有李星可譯《餐風飲露》，不需另直譯為《我的飲料——雨》（頁 282）。末章引述李光耀的話：「我們也許說國話……」（頁 360），其實星馬華人說的是「華語」，「國語」指的是「馬來文」；書中也有少數馬來文未譯。譯者（台灣人？）的星馬在地知識似乎未能充分配合李炯才觀察入微的書寫與書中豐富動人的內容。本書除了是一個南洋華人的自傳外，更是一個時代的縮影，充滿歷史、文化、政治的辯證，可以作為東南亞（尤其是星馬）研究的參考史料，希望再版時作者或出版社能詳加校訂。

「僑胞」，不管這些移民南海諸邦的中國人及其後裔的稱謂如何，他們或迫於情勢，或心有所屬，大多在東南亞殖民地獨立後選擇了在「僑居地」安身立命，歸化成為當地公民或永久居民。他們的身分也改為「華人」，希望跟當地民族或其他移民「在一樣的天空下理直氣壯的做人」（小黑153），而不是寄人籬下的異鄉客。可是，歷史發展顯示，除了新加坡的華人外，飄零南海，散居群島的中國人有沒有給自己及後代找到最後的歸屬，恐怕仍難以下結論。王賡武也說：「華裔是新的形態，但其前途如何，尚無法確定」（287）。這些海外華人追尋自己的國家或「第二祖國」，他們實在沒有理由遭受歧視或排斥。但是，由於若干地區種族主義或土著主義抬頭，政府實行土著特權的偏差文化、經濟與教育政策，或若干極權政府的迫害，再移民乃成為七、八〇年代以來南洋華人的另種選擇，儘管選擇的只是另一種強勢文化統治下的新移民身分。

　　上文引述了李炯才的自傳文，似乎是在讓歷史替自己說話，說出南洋華人在戰後殖民地獨立思想與民族主義高漲這歷史情境中的文化與政治矛盾，而李氏「正確地」選擇了他的政治歸屬，誠如他的書名所指，他追尋的是自己的國家（一個獨立的新加坡共和國）。不過，我們也可以追問，是誰的歷史在說話？我的引述（「引述」總已是充滿斷裂的書寫，沒有引述的章義永遠被引述者有意無意地使之「不見」）其實無意如此，因為不管是誰的歷史在說話，「身分的建成與統一、跟差異的認同與解放，孰是孰非，結論是難以定斷的」（陳清僑 21）。李炯才書中比他的心路歷程更耐人尋味的言論，毋寧是他對陳嘉庚的評述。書中指出，陳氏為當時僑領，但是由於認

同錯誤，不但未領導華人爭取政治權利和地位，反而心向中國。一九四九年，中共還沒完全掌權，他便已返回中國了。換句話說，代表當時多數星馬地區海外中國人心態的，可能並不是李炯才與他的同志，而是陳嘉庚等「認同錯誤」的「華僑」。他們大多心向中國（國民黨或共產黨），不然就是支持親中國的馬來亞共產黨。但是在一九四九年，儘管英國很快就承認了毛澤東的共產政府，殖民地政府卻不能容忍轄下華族人民認同人民共和國。同樣的，一九四八年的緊急法令宣布以後，支持馬來亞共產黨的活動已成為非法。這兩種認同的不可能，使星馬的海外華人瀕臨失去「戀慕對象」危機，文化屬性頗有失落之虞。

其實，照映當時海外華人的矛盾情境的，也不是陳嘉庚的錯誤認同。甚至指陳嘉庚認同錯誤，固然有歷史弔詭之憾，恐怕也不無放馬後炮之嫌。陳氏對馬來亞與新加坡的經濟、文化、教育貢獻良多，然而，儘管「他的政治威望與影響是超過任何一位華族領袖的」，甚至曾「領導了東南亞華族，為中國國庫輸捐了四百億國幣的龐大數目，在物質與財政上支援中國抗戰的持久性與戰士之士氣」（楊進發 174），他的政治哲學與民族主義缺乏馬來亞本位色彩，他所從事的是中國民族主義運動，只不過地點是在星馬罷了。同樣的，星馬也有不少華族青年在戰時或戰後回歸中國，參與抗戰與建設新中國，他們的華僑身分後來在文化大革命中讓他們吃盡苦頭，甚至送掉寶貴的生命。但是，我們也不能怪他們當年沒有認同馬來亞。相反的，正因為有了明確的認同與戀慕對象，他們才義無反顧地追隨自己的祖國。他們顯然沒有文化或政治屬性危機。如果說陳嘉庚等

人心屬中國乃認同錯誤，同樣親中國的馬來亞共產黨人，當時胸懷印度的印度僑民、希望星馬併入印尼的馬來左派人士或民族主義者，恐怕也同樣認同錯誤。這樣一來，也許只有巫統（UMNO）領導下的馬來人或陳禎祿等「僑生」海峽華人才算對馬來亞心有所屬。但是在非單一種族國家的馬來亞——以及後來的馬來西亞與新加坡，馬來亞主體性其實一開始就是支離分散，就充滿了異質性。華裔或印裔（很可能還包括巫裔），一如非裔美國人，一開始就已懷有杜布埃思（W.E.B. DuBois）所說的「雙重意識」。換句話說，非馬來人在血統上是華人、印度人或其他原住民（混血者另當別論），國籍身分上同為馬來（西）亞公民，不過，由於族群不同，各族的文化形式（音樂、烹飪、語言、服裝、文學、繪畫等）有別，宗教倫理傳統也不一樣。但是，不同的文化形式與宗教倫理傳統對表達四維八德或愛國精神並不構成妨礙。如果有一種體現「國家文化」的文化本質，只要是這國家的居民，自然能各以不同的文化形式來傳達或再現這種本質。因此，華裔或印裔兼有母體或文化傳統意識與本土文化意識並不影響他們的國家屬性與公民身分。

　　民間華社處於認同與不被認同的兩難困境，其錯綜複雜的尷尬身分，才是歷史本身難以明言直書之處。而歷史論述不及或有難言之隱的文本，往往文學（包括自傳〔例如李炯才書〕這種史筆與虛構敘事互動交涉、亦史亦文或非史非文的「傳記文學」）另闢詮釋空間，以另一種手段彰顯「歷史一筆為定」的弔詭或建構另一種論述的時代意義。星馬民間華社自本世紀初以來，在南洋落地生根，而在建構新的主體性過程中，面臨文化屬性與身分認同危機，以致成

為歷史的難言之隱。馬華作家身為民間華社一分子，這種文化政治的矛盾歷史情境自然成為他們的關注課題（小黑的小說〈十‧廿七的文學紀實與其他〉即近年以此文化政治情結為題材的一佳例）。然而，他們自己及他們所從事的文學或非文學活動與運動，在政治動律與時代進展的牽制下，早已銘刻在歷史脈絡裡頭，成為南洋論述或東南亞研究的陳述對象。下文即試圖以獨立前馬華文化人的若干文學活動與運動為例，勾勒出馬華文學文化屬性系譜的些許輪廓。

　　研究馬華文學的學者與史家咸同意，馬華文學跟中國新文學一樣，為五四運動的產品，一方面發揚反帝愛國精神，另一方面提倡白話文。因此，儘管表現不盡相同（中國新文學初期即有〈狂人日記〉與〈阿 Q 正傳〉這樣的成熟之作），中國文學的特質，大致上也影響了戰前馬華文學的精神面貌。由於提倡新文學的文化人（編輯與作家）大多為中國僑民，故戰前馬華文學常被稱為「僑民文學」。但用「僑民文學」來指涉從一九一九年到一九四五年甚或一九五七年這段時期的文學表現，顯然值得商榷。[2]首先，何謂「僑民文學」就已問題重重了。新加坡的馬華文學史家方修〔吳之光〕曾寫道：

---

[2] 例如，姚拓即指出「研究馬華文學的專家們，給〔一九三七年到四二年所謂繁盛時的〕這些作品命名為『僑民文學』，的確是恰當而妥切的」（22, 23）。值得質疑的是，如果這些文學史家認為「繁盛期」的作品是「僑民文學」，其他時期的作品呢？到底「僑民文學」的定義為何？可惜姚文未註明參考資料，讀者無從進一步查證引述原始篇什。詳姚拓（1986）。姚文原在一九八六年於西德舉辦的第一屆「現代中國文學大同世界」（"The Commonwealth of Modem Chinese Literature"）研討會上宣讀。

當時所謂「僑民作家」和「僑民文藝」,也有其特定的涵義,指的是身在南洋,手執報紙,眼望天外,虛構中國題材來寫作的作者及其作品。不但有意為本地服務的外來作者不叫「僑民作家」,就連中國作家南來之初,由於對當地情況不熟悉而寫些過去在中國的經歷,只要是真實而非虛構的,也不叫做「僑民文藝」。如果望文生義,以為當時的所謂「僑民作家」與「僑民文藝」,是指僑民身分的作者及其作品,或戰前的馬華新文學的作者及其作品,甚至於因此而把戰前和戰後的馬華文學或文學思想對立起來,那就大錯特錯了。

（1986：21）

依方修的引述,「僑民文學」是外來作者,身在南洋,虛構中國題材寫成的作品。這個界說並不周廷,[3]但很明顯強調的是馬華文學的在地性與真實性,並以之為文化屬性依據,同時也是後來「現實主義文學」所謂「現實」所指涉的本質。其實,關於「僑民文學」的論爭,是一九四七、一九四八年間的事,論點為「馬華文藝獨特性」的問題。實際上,到底有沒有這種特定意義的「僑民文學」,恐怕需要重新探討。在南洋「虛構中國題材」,跟「虛構法國題材」一樣,

---

[3] 如果「僑民文學」的問題在於「虛構」,而非中國題材,或作家身分。外來（南來）作者自有過去在中國的經驗,又何謂虛構中國題材?反而是本地作者才需要虛構中國以及中國題材,但他們的身分卻是本地人,故作品不宜算僑民文學。中國作家虛構南洋題材,或獨立後馬華作家書寫中國題材（例如姚拓、方北方）,也不能算僑民文學。所以我懷疑「僑民文學」是不存在的虛構對象,或沒多大意義的詞語。

並不構成不忠誠或不真實的問題。虛構與真實，也並非文學與歷史的對立關係。重複論述這場論爭的人不少，但覆述文字越多，離事／史實越遠，最後只見文化政治的運作。其實，馬華作家在一九四八年這種動盪不安的年代，發動這樣本位化的論戰，譴責或清算可能不存在〔或是虛構〕的對象，無非是要突顯某種跟以往不同的文化屬性，以緩和內心的認同焦慮與危機。所謂「馬華文藝獨特性」，也就是新的「戀慕對象」。但不表示提出本土中文文學的獨特之可能，表明認同對象，即自動從中國文學這自我中心論強勢文化或霸權脫離或解放——中國以及中國文學的影響無從否定。相反的，「馬華文藝獨特性」既然凸顯的是文化屬性之爭，更肯定了中國或中國文學的影響。也因此，儘管論者對這場論爭結果持不同看法，也就不那麼重要了。[4]

　　雖然中國的影響明顯不過，直接移植、嫁接或複製並不可能，即使是在殖民地時代。一九三七年，文化界發起「南洋新興文學運動」，響應的顯然是中國一九二五，郭沫若與蔣光慈他們所提倡的無產階級革命文學或普羅文學運動。文學史家（如方修 1986：24）大都認為，用「新興文學」代表進步與革命文學之意，再冠上「南洋」

---

[4] 例如，孟沙認為「從總的趨勢看，僑民文學『仍然占了上風』」（1991：15），姚拓卻指出「結果，馬華作家大獲全勝，奠定了馬華文學獨立的基礎」（1986：23）。王潤華也說，「由於他們〔支持馬華文藝的一方〕所主張馬華文學應該脫離中國而獨立的運動，是密切配合著當時社會政治思想之演進，自然最後獲勝」（1991：24）。既然「僑民文學」是不存在的虛構對象，三人言論，也可以虛構文（fiction）視之。

的名目，旨在避免落入殖民地政府口實。其實，「新興文學」在中國也是左派文化人的障眼法。例如，一九二九年上海現代書局出版的《大眾文藝》二卷三期，便以「新興文學」為專號名稱。一九二八年夏，在上海編過《華僑努力周報》的許傑南來吉隆坡，任《益群報》總主筆，並主編其《枯島》文藝周刊，提倡新興文學，希望以《枯島》為「馬來半島革命的文藝青年大本營」，刊了不少明確宣揚革命文學的文章。[5] 但是他同時也主張反映地方色彩，並「號召當地的文藝工作者，寫出自己所熟悉，自己所切身感受的，反映此時此地生活的文藝作品來」（許傑 1988：304），這就不完全是「僑民文學」了，雖然所謂地方色彩代表的可能只是「中國文學的新途徑」（陳翔冰 1928；楊松年 1988：63 引文）。許傑在一九二九年底返回中國，編《枯島》的時間，雖然不到二年，但熱心提議成立南洋文藝中心（譬如月刊，專刊由本地作者寫南洋的文學作品），推動新興文學與南洋色彩文學的結合，使這份文藝副刊成為當時中馬文學的大本營。一九三〇年，殖民地政府開始壓制左翼與反日言論，馬華文壇進入白色恐怖歲月，被諭令離境的文化人，除了刊登寰遊詩劇〈十字街頭〉（新興文學一例）的《星洲日報》副刊《繁星》編者林仙橋外，一九三一年尚有《南洋文藝》雜誌主編陳慧玲。

　　《南洋文藝》很可能是第一個以「南洋文藝」為刊名的雜誌，但是，早在一九二七年初，《新國民日報》的《荒島副刊》編者黃振

---

[5] 楊松年認為許傑的態度是「相當左傾與激烈的」（1988：58）。楊著《星馬早期作家研究》（1927-1930）為近年馬華文學論述或論史詩書中，較嚴謹的一本，引述書文的出處資料相當完整，對後人進一步追蹤研究，十分有用。

雞、張金燕、朱法雨諸人便已提出「專把南洋的色彩放入文藝裡去，來玩些意趣」（張金燕 1928；方修 1972b：100）。跟許傑不同的是，張金燕生於新加坡，是本地馬華作家，因此格外關懷南洋社會、強調南洋色彩文學。《枯島》雖然提倡南洋色彩，編者多少總有革新與改造「沒有文藝也沒有文化，只是一個荒涼的小島」（許傑 1988：303）的南洋文壇之意，文藝青年的個人抒情文稿被壓，便是一例。《荒島》諸人則從「玩些意趣」出發，極力以南洋事物為「做文藝的材料」。

一九二九年六月，陳鍊青接編《叻報》的《椰林副刊》，推出改革號，大力提倡「創造南洋的學術和文藝」，希望南洋的文化人能像英國移民在美國建立本身的獨特文化那樣，「創造一種南洋的文化」（方修 1972b：124）。陳鍊青自己雖然「喜歡向左轉的一切」，也鼓吹南洋文藝與新興文學結合，並在《椰林》刊了不少具有新興文學意識的作品與論文（如衣虹一九三〇年四月一系列的文章），但他也能寬容地以偶擺「雜貨攤」的態度來編《椰林》，聲明抒情詩詞或唯美派創作也願意刊登。不過，研究星馬早期作家的楊松年指出，他懷疑「陳鍊青倡導南洋色彩的文藝，是深受黃僧的影響的」（1988：82）。

黃僧〔黃征夫〕是早期南來中國作家中視野較廣的一位。他曾經留學法國研究社會科學，故關注焦點擴及南洋社會與文化現象，而不局限於南洋色彩。他的〈學術文化與南洋華僑〉（1929）一文便論及南洋文化屬性與本地意識的問題，對當時一般華僑心向祖國而不認同南洋頗不以為然。他指出：

> 僑居南洋是客寓，不明瞭事實和環境上，華僑地位已確定其
> 固定性，……殊不知華僑是絕對不能離開南洋的。……華僑
> 忽略了自身在南洋的永久性，而至於忽略創造華僑的文化學
> 術。……──華僑承受祖國的傳統思想，對於政治上的統治
> 全不在意……。我們應當醒悟了華僑以南洋為家鄉。……我
> 們應當像英僑在北美一樣，創造他底學術文化來與歐洲對
> 抗。（方修 1972a：133）

這就已有正視華僑的身分屬性，提倡南洋文化獨立於中國文化與學
術之外的意識了，就像他在別處明言的，「不能有奴隸式的學術文
藝」。「南洋文藝」一詞也常在他筆下出現。

　　同樣的，一九二九年，在《南洋商報》的《文藝周刊》還沒創刊
之前，該副刊編輯曾聖提便已發表〈南洋的文藝〉一文，昭告世人
「南洋乃現代文藝之寶庫」。《文藝周刊》創刊後，他與吳仲青、曾
華丁等人更致力於在「高椰膠樹之外，以血與汗鑄造南洋文藝的鐵
塔」（方修 1972b：112）。值得注意的是，除了主張描寫華僑及其他
人種的生活，曾聖提也提倡介紹馬來文化與翻譯馬來文學，他自己
則譯介印度文學文化甚力。[6]雖然他抨擊頹廢的文藝作品，但也反對
「競刀槍血淚」的所謂革命文學。曾氏顯然另闢蹊徑，而未加入當
時的新興革命文學主流。他喊出了響亮的建設南洋文藝口號，自有
他浪漫與超越的精神。

---

[6] 曾聖提曾於一九二五年與一九三三年二度到印度追隨甘地，一九四三年著有
《在甘地先生左右》（上海真善美圖書公司，1948；新加坡青年書局，1959）。本
書有英譯本 By *the Side of* Bapu，關思譯（印度甘地基金會，1982）。

南洋色彩或南洋文藝的提出，象徵了中文作家（南來中國作家／華僑／僑民）開始對「本土」產生興趣與關懷（不一定是歸屬感），開始把南洋納入文學的所在地。提倡翻譯馬來文學更是關注本土的他者／異質文化之表示。因此，廣義的「僑民文學」的「中國質地」並沒有那麼純粹，早已是「華夷風」了。到了一九三〇年，相信在南洋的作家文人都普遍有了南洋文藝的概念。但是，當時的南洋意識是否已強烈到形成一種文化屬性或「一種南洋的文化」，顯然有待重新建構。文學史家通常指出，馬華文學一開始就是中國僑居星馬的文化人文學活動與思想運動，在文化、意識形態上認同或呼應的是中國。但是我們也看到，南洋文藝的提倡，是中國文學在不同所在地異質化（夷質化）的必然趨勢，即使這些早期作家身分是中國公民（僑民）。「中國南洋」這雙重意識形成一種文化激盪。但是，如果「中國」、「中國文學」、「中國文化」是很清楚的影像，「南洋」呢？「南洋色彩」是甚麼？只有「南洋色彩」而沒有「本土意識」，南洋色彩很可能只是一種壓抑的置換或出路（「中國文學的新途徑」）。壓抑來源或為中國文化霸權，或為當地殖民政府（以及獨立後的本地人政府）的政治力量。若拋開對「南洋文藝」稱謂沿革的關注，而詮讀其意識形態或文化政治意識，我們很可能會對當時的「南洋意識」提出懷疑。

不管南洋色彩是否壓抑的置換，只有以本土意識反抗中國文化霸權而產生的南洋文藝，才可能具有南洋文化屬性或南洋意識。例如，黃征夫便以「華僑」的「固定性」與「永久性」來對抗或辨識中文「僑」字的意義，以及中國「官方說法」中「海外中國人」的不確

定性。黃征夫的南洋論述，可謂本土意識覺醒之肇始。但是如前所述，儘管中國文化對南洋文化的實際影響如何仍有待商榷，中國以及中國文學或文化的影響無從否定，不可能輕易便說「跟我一點關係也沒有」。黃征夫在日本侵略中國後慨然返國從軍，後來在廣西逝世。雖然他曾經思考過華僑與當地「政治上的統治」的關係，顯然在政治認同上他還是心屬中國，更遑論民族屬性了。另一方面，「海外中國人」文化屬性的矛盾情境或情結也跟政治認同的複雜性糾纏不清。「華僑」固然心屬中國，中國卻不見得認同華僑。姚楠即指出，在中國，歷來「君是『大國之君』，臣是『大國之臣』，甚至老百姓也是『大國之民』，把東南亞人認為『蠻夷』，把海外華人視若『盜寇』」（1988：329）。因此，若把南洋意識擺在中國民族自我中心論脈絡來看，南洋文藝一開始就在中國文學史的書寫以外，文化屬性早已不辯自明。許傑在吉隆坡「參加過馬華文化宣傳工作」，但《益群報》主要宣傳的還是「祖國文化」。

　　若干中國文學史家行文即使提及海外華文文學，多半只是附帶一提，以支流視之，要不然就是把它擄納進入主流文學的網絡系統。不過，中國文學史對南洋文藝的再現，是另一個主體性的問題。「南洋」所指稱的對象，顯然範圍太廣泛，無法對焦。南洋可泛指文化形態歧異的東南亞諸國，也可能只是包括新加坡內的馬來亞的代稱。中國作家筆下的南洋，可能還包括印支半島及印尼、菲律賓，馬華作家則多半以之指稱星馬。前文以「南洋意識」為馬華作家擁抱本土文化屬性的發軔，顯然一樣焦點模糊，勢非對準所在地不可。一九三四年，以小說《峇峇與娘惹》（一九三二年出版）聞名的丘士珍

在《南洋商報》的《獅聲副刊》發表〈地方作家談〉一文，提倡「馬來亞地方文藝」。儘管「馬來亞地方文藝」一詞強調「地方」的比重不經，「馬來亞」三字的提出顯然比「南洋文藝」進一步認同了本土人物與利益，同時也賡續了「南洋文藝」（尤其是黃征夫的概念）的本土意識之發展。馬來亞地方色彩再現了華僑作家書寫所在地的現實性，同時也明確地彰顯了作品的文化屬性，故此直到一九三六年，仍有人響應。例如曾艾狄便在〈馬來亞文藝界漫書〉文中提倡「馬來亞應該有馬來亞文藝的生命」（方修 1972a：280）。

在三〇年代，中國意識或共產國際左翼思想在馬來亞遭受壓抑，左傾言論與活動被視為非法言行，部分文化人（包括寧漢分裂後南來的中國左派知識分子）提出南洋色彩，不但可以配合新興文學反帝反殖的任務（突顯「南洋」，意味強調的是主體性，而非殖民性），在南洋共產黨人開始公開活動之後，也足以自衛自保，不致於被政府當局視為共產黨同路人。對於這一派的文化人來說，南洋文藝自是壓抑置換，不過施壓的是殖民地政府。同樣的，「馬來亞文藝」這口號的提出，可能也是當時的時代精神或政治氛圍使然。[7]一九三〇年，南洋共產黨改稱馬來亞共產黨，正式宣布以馬來亞為活動基地。一九三一年，日本侵占中國東北，馬共利用華僑反日情緒，大

---

[7] 林建國懷疑「馬來亞文藝」概念的提出關涉南洋共產黨改稱馬來亞共產黨的發展脈絡，可能是重寫華裔馬來（西）亞文學史的另一個切入點。這雖是閒談時言論，仍值得深思。小說家馬崙（夢平）便曾指出「當年的馬華小說作者，把政治文化革命的使命看得比文學使命更重些」（1991：52），顯然不無其歷史背景。

力宣傳建設「馬來亞共和國」。一九三二年，世界經濟大蕭條，星馬膠價大跌，經濟惡化，民生困苦，馬共趁機擴大影響力，發動罷工，成立支部。三〇年代初期的現實處境，取代了隔海的故鄉，成為留在南洋的文化人當務之急的關注對象，同時也迫使他們反省自己生活與書寫的所在地。但是，「馬來亞文藝」提出之後，馬華文化界卻比以往更明確認同中國，顯露更強烈的中華文化屬性。原因有二。一為日本人在一九三七年七月七日發動蘆溝橋事變，開始侵略中國，喚起了華僑的民族意識與愛國精神；二為中國文化人大批南來宣傳抗日，獲得馬華作家大力呼應，紛紛書寫抗戰文學以「抗日衛馬」，把星馬南洋當作中國的大後方。丘士珍的提議後來有沒有再引起回響，也就不見下文。沒有機會納入「馬來亞文藝」問題結構的相關課題，如馬華文學的獨特性、馬華文學與僑民文學的關係、馬華文學與中國文學的關係，要等到一九四七、四八年的另一場文化論爭才成為本地文化人關注的焦點。

　　如前所述，戰後的馬來亞宣布進入緊急狀態與中共立國這兩件史家行文修辭所謂的「歷史意外事件」，使馬華作家認同親中國的左翼思想與中國變得不切實際與不可能（報章不再稱中國為「我國」；大勢所趨，連馬共黨員也唱起〈我愛馬來亞〉、〈馬來亞是我的國家〉等愛國歌曲〔李炯才 1989：168〕）。緊急法令宣布馬來亞共產黨為非法團體，左翼言論也受到壓制。中共掌權後，中國出版書刊一度禁止進口，兩地人民不得自由來往。殖民政府此舉無疑是想斷絕南洋與中國在政治與意識形態上的連繫。這兩件歷史事件促使馬華文學改變或隱藏認同對象，另闢蹊徑。不過，戰後馬來亞本土政治權力

的消長、社會意識的轉變、政黨的發展、以及馬來文化的復興，更是加速「馬來亞意識」形成的重要因素。這一點，沉迷故紙堆中的文學史家似乎較少提及。

馬來亞殖民政府抑制親共產思想與活動的途徑，不外是將華族低下層人民與共產分子隔離，切斷他們的連繫。「布力士計畫」（Briggs Plan）與鄧普勒將軍（General Sir Gerald Templer）的剿共方案，即採此策略。中共書刊宣揚馬恩列史毛意識形態，因此禁止入口；人民到中國去會被洗腦，故不准來往。但是，一個星馬華人，如果因現實的阻隔，無法親中傾共，並不表示他的政治認同就會自動轉變或以本土文化為歸屬。不過，一旦他離開本土，到一個沒有禁令的地方，會不會如魚得水地心向中國或擁抱馬列思想呢？李炯才以及當時在倫敦的若干星馬華族人士證明事實並非如此單純。布力士計畫剿共成功也不表示一旦沒有隔離，華族就會支持共產黨或傾向中國。李炯才並非受英文教育長大，相反的，他的中學教育內容（檳城鍾靈中學）主要以中華文化為主，師生在思想上多心屬中國（但不一定左傾），他自己也曾經以中國人自居（正如他受英文教育的兄長曾以英國人身分為榮）。然而，由於戰後馬來亞及東南亞大環境的改變，各族人士攜手謀求結束殖民統治，以建立自己的國家，在檳城北海出生的李炯才漸漸認同馬來亞，關心星馬的前途與利益，對這個地方心有所屬。從這個角度來看，李炯才的自傳文可說是現代版的「建國神話」，反映了華族在尋求建立一個獨立國家的努力，並與馬來亞其他民族並肩同步。在這方面，馬華文學界也不落人後。例如，一九五五年在新加坡創刊的《蕉風半月刊》（方天主編，後改

月刊;一九五八年遷到吉隆坡,出版迄今已逾四十年;改版雙月刊
數年後,終於在一九九九年初休刊),封面的標語已不僅是推行「馬
來亞文藝」,而是「純馬來亞化文藝」,足見文化界心向馬來亞立場
之一斑。一九五六年,馬華文化界更發起「愛國主義運動,表明認
同立場。

　　追溯歷史,往往意在鑑今。換句話說,書寫歷史敘事往昔,其
實是在書寫或重寫當代。本文開頭引述了李炯才的敘事作為托意之
言,即旨在點出馬來(西)亞民間華社在文化屬性與政治認同的問
題所在,不在於認同,而在於不被認同。因此,無論馬華文學表現
如何,對本土的文化屬性如何鮮明,馬華文學乃至文化仍然被視為
外來文學文化,只能在邊陲書寫發聲。馬華文學位居邊陲,自成文
學系統,但在政治系統與社會系統的牽制與衝擊之下,難免面目模
糊,身分曖昧。因此,本文也只能不斷藉不同的引述與歷時性社會
政治系統的文本化建構來探討馬華文學與文化屬性間的辯證關係,
至於馬華書寫人的身分屬性,其實並無不明之處。不明的是他者的
視域,而非自我的認同。華裔馬來(西)亞文學在這視域內越模糊
不明,越能彰顯他者在鏡像期自我審視時,清楚照映出來的馬來文
學或國家文學的意象,儘管在國家獨立前馬華文學早已認同並建構
了馬來亞主體性。

徵引文獻:

小　黑(1990)。〈十‧廿七的文學紀實與其他〉。《前夕》(吉隆坡:十方出

版社），131-73。

王賡武（1984）。〈中國移民形態的歷史分析〉。馬寧（譯）。宗廷虎（編）1988：
　　　270-287。

王潤華（1991）。〈論新加坡華文文學的發展階段與方向〉。莊鍾慶等（編）：
　　　《東南亞華文文學與中國現代文學》（福建：廈門大學出版社），65-
　　　77。

方　修（1986）《新馬文學史論集》（香港：三聯書店香港分店；新加坡：文
　　　學書屋）。

方　修（編）（1972a）《馬華新文學大系・第一冊：理論批評一集》（新加坡：
　　　世界書局）。

方　修（編）（1972b）《馬華新文學大系・第十冊：出版史料》（新加坡：世
　　　界書局）。

李炯才[Lee Khoon Choy]（1989）。《追尋自己的國家：一個南洋華人的心路
　　　歷程》（*The Personal Odyssey of a Nanyang Chinese：In Search of a Nation*）
　　　[1986]。未署譯者（台北：遠流出版社）。

宗廷虎（編）（1988）。《名家論學：鄭子瑜教授受聘復旦大學顧問教授紀念
　　　文集》（上海：復旦大學出版社）。

孟　沙（1991）。〈馬華小說沿革縱橫談〉。戴小華與柯金德（編）：《馬華文
　　　學七十年的回顧與前瞻》（吉隆坡：馬來西亞華文作家協會），7-33。

姚　拓（1986）。〈馬來西亞獨立後馬華文學的發展〉。《蕉風月刊》no.394：
　　　22-29 。

姚　楠（1988）〈對二十世紀中國研究東南亞史與海外華人史的情況介紹和
　　　幾點看法〉。宗廷虎 1988：313-32。

馬　崙（1991）。〈馬華小說的特質與創作方面〉。《亞洲華文作家雜誌》no.28：
　　　48-55。

陳清僑（1991）。〈普及文化的普及技術並論甘國亮《人間蒸發》〉。《中外文
　　　學》19.12：4-24。

陳鍊青（1929）。〈編者第二次的獻辭〉。方修　1972b：123-126。

許　傑（1988）。〈我曾經參加過馬華文化宣傳工作〉。宗廷虎 1988：295-312。

張金燕（1928）。〈漫浪南洋一年的「荒島」〉。方修　1972b：99-108。

黃征夫（1929）。〈學術文化與南洋華僑〉。方修　1972a：130-134。

曾艾狄（1936）。〈馬來亞文藝界漫書〉。方修　1972a：278-81。

曾聖提（1929）。〈「文藝週刊」的志願〉。方修　1972b：112。

楊松年（1988）《新馬早期作家研究（1927-1930）》（香港：三聯書店香港分
　　　店；新加坡：文學書屋）。

楊進發（1977）《戰前星華社會結構與領導初探》（新加坡：南洋學會）。

† 本文原發表於《中外文學》21.7（1992）：179-92。修訂於 2018. 12。

國家文學與文化計畫：

馬來西亞的案例

　　在中文的論述脈絡談國家文學，一如用中文討論其他中文／西方的思維術語或文化觀念，難免自覺或不自覺地落入比較的窠臼，回到各種中學西學體用問題的思考。本文擬跳出類似框架，將國家文學擺在文化計量（culture planning）脈絡，以瞭解其範圍、地位與局限，以及界定標準何在，同時指出國家文學並不僅是想像的建構或想像的共同體，更是文化計量的產物，旨在凝聚意識形態、營造社會文化和諧氣氛，以維護執政集團及其所代表社群的利益。一社群實體以什麼標準界定國家文學，或如何制訂界定標準，端賴文化計畫選取什麼文化為主導符碼。在單一民族或單一語言國家，國家文學往往即國語文學，其法定地位不辯自明，但在多元民族、文化、語言的社會，文化計畫面臨的通常是各族群的意識形態之爭或文化資源分配的利益衝突，立法獨尊國家文學為唯一文學系統，以法律

詮釋文學建制，並不一定能解決問題。以國語之法定地位護航某一族群的文學為國家文學，也無法消除或同化異質社群或族群的疑慮或抗拒聲音。本文以馬來西亞的國家文學為討論國家文學與文化計畫的結構關係的實例。

一、國家文學論述

由於 nation 一詞兼指國家與民族，national literature 既是國家文學、民族文學，也是國語文學。職是，晚近學界論述國家文學，莫不從重新界定國家（nation）、邦國（state）、民族（nation）、種族（race）、人種／族群（ethnic）、民族主義（nationalism）等課題出發，指出國家文學或國家文化，實為國家機器執行官方文化政策、打造意識形態的工具，暴露了國家文學的問題重重。另一方面，將國家文學視同民族文學，認為它乃抵抗帝國主義或西方霸權文化的武器者，也大有人在。中國文學傳統講的是國語文學、民族文學、不談國家文學，比較接近的是廟堂文學的概念。而一般西學概論比較文學，總試圖分世界文學、一般文學、國家文學之別，其實後者多指個別國家或民族文學，和晚近國家文學論述不盡相同。不過，文學的傳統分類在國家與民族的定義因時而異之後，加上論述的科學或邏輯典範轉移，「國家文學」的「國家」一詞已無法簡單的指國別了。而僅僅討論國家、民族、國語三者的同異關係就已十分複雜。因此本文不擬覆述十八、十九世紀以來的種族論述或民族／國家的種種論辯，而僅視國家文學為文學複系統（literary polysystem）中的一個文學系

統。一個文學系統之為國家文學，自有其歷史或現實條件（例如國家之存在、地理空間、作家的族群語言為國語）與文學或文化要素（譬如歷史傳統、族群神話或民俗），但主導因素實乃國家文化政策或文化計畫。國家文學的定位則是各系統間（interliterary systems）的描述與規範問題。值得一提的是，同一套被典律化為國家文學的文學文庫（literary repertoire），[1] 在另一系統的描述或規範符碼中，可能是族群文學或區域文學或其他。

　　依據巴色（Naftali Bassel）的說法，國家文學的界定標準有二：（一）語言，尤指國語；（二）國家認同意識（777-778）。理論上，國語為構成國家文學的必要條件，殆無疑義。但國語或語言問題其實極其複雜，各國情形不同。而推行國語，使之成為一致之言談溝通符號，及民族主義的符媒，實有賴於語言計畫（language planning）。一族群在發展為民族國家的階段往往透過語言建構國家屬性，書寫民族精神，故其作品乃國家文學。由於國語的優勢地位，即使作家以其他境內通行語言（其他族群語言、母語、方言、次要語言、外國語等）書寫，這些語言既然不是國語，以之為創作媒介語的作品也就無法成為國家文學。而若干國家，例如加拿大，實行雙語計畫，遂有雙語文學或兩個國家文學。至於書寫國家文學的作家棲身異邦或移居他園，繼續用祖國文字創作，巴色認為這類移民文學仍然屬於國家文學。如此一來，國家文學可分國內和境外二支，因為國家文學應以國語為準，不應考慮地理空間（777）。但是移出者的下一

---

[1] 我在其他行文脈絡中也將 "repertoire" 譯做「彙編」或「類編」。

代，接受了移居國的國語和文化，用新習得文字創作，似乎使得巴色的獨特見解更形複雜。不過，這時文學各系統間的運作定律自當派上用場。一方面可用主題標準來衡量文化屬性或作為民族母體文化的連繫，另一方面則造就新的文學系統間關係（Bassel 779）。

　　巴色沒將主題意識另列為界定國家文學的標準，顯然是因為主題意識和國家認同意識息息相關。他認為文學的國家認同強調是作家在作品中顯露對國家文學系統及傳統的歸屬意識，而非作家本人宣稱如何愛國。國家文學既以國語為尊，國語文學作品自當充分發揮該語言作為文學表現媒介的優點，同時取材民族傳統，書寫民族色彩濃厚的文本。車諾夫（Igor Chernov）則從文學社會學的觀點，提出和巴色的作家之國家文學歸屬意識說類似的看法。他主張區別創作者和消費者在文化不同發展階段中的角色。他指出，國家文學的書寫，在於作者刻意「選擇一語言媒介（國語），以發揚民族傳統與文化價值為己任並認同該文化的方向」（Chernov 771）。易言之，作家主觀地意識到自己在創作國家文學。讀者的角色則是感同身受地讀出作品的主題與國家意識，和國家敘事共鳴。其實，由於國家文學的提出，往往是在族群凝要在為國家時，作家在建國初期通常扮演公共／大眾角色，以書寫社會性題材、描述民族或國家如何爭取獨立之類的大我主題，參與建設國家這安德森（Benedict Anderson）所說的「想像的共同體」。

　　不過，以國家認同意識為國家文學的標識符號，當發現作家突顯國家認同意識的公共角色，在新興國家營造完成，社會安定，民族性凝聚成功之後，也可能轉入書寫小我的私人領域。這種「去政

治化」轉向，通常出現在新生代作家身上，自有其社會符號學意義。一九九五年，新加坡英文作家戴尚志（Simon Tay）在網際網路討論新加坡英文詩壇時，即指出相對於第一、二代新加坡英文詩人，第三代英文詩人的公共訴求模糊，但不表示他們不關心社會或國家，因為書寫個人生活的題材（例如口香糖、生兒育女）並未取代公共課題，而是反映形式已有所改變。易言之，他們只是跨越「公共角色和私人書寫領域之界線」，「重新想像共同體」（Tay 1995）。其實，身處「想像的共同體」，書寫活動已自我描述或局限了作家的身分屬性。同樣以英文寫詩，戴尚志也說，由於歷史與文化背景相間，新加坡詩人的題材、想像、風格難免和馬來西亞的英文詩人（例如余長豐 [Ee Tiang Hong]）重疊，但無損於他們身為新加坡詩人的殊異性。他認為「沒有這種殊異性，就沒有國家文學了」（Tay 1995）。

　　戴尚志的國家文學論述並未提到國語問題。在新加坡國家文學的界定標準中，國語（馬來語）顯然不是主導符碼。新加坡三大族群適用的英、華、印度、馬來四種語言中，英文雖然在宮僚行政體系、司法、社交、經貿、教育領域地位優越，卻並非國語，島內族群人數最多的華人適用的華語也不是國語（其實說「華語」也不對，華人多以福建或潮州話溝通）。新加坡的國語為馬來文。而馬來文之為國語，誠如易司曼（Milton J. Esman）所說，其實是「一種象徵姿態，向鄰邦表示新加坡想要融入當地環境而無意做中國的前進基地」（194）。但是新加坡的華文和英文作家都自認作品是國家文學書寫。顯然在新加坡這樣施行多種語言計畫（其實是雙語計畫：英

語和母語）的多元族群國家，國語並非構成國家文學首要或唯一條
件。實際上，在官方論述裡，並不太出現國語和國家文學的用詞。
比起馬來西亞來，在這方面，新加坡很可能是個特殊的例子。同樣
是多元族群國家，馬來西亞卻獨尊國語——馬來文，而國語文學即
國家文學，則是政府立法貫徹的文化計畫。反之，非馬來文書寫的
馬來西亞文學作品，也就不是國家文學了。

　　由此可見，即使有了界定標準，國家文學的疆域、構成、地位、
局限之界定，誠如車諾夫所指出，還是很複雜的後設語言過程
（Chernov 770）。另一方面，理論上，若我們指稱某文學為國家文
學，意味著我們已經預設了其他一般性的（非國家的）、視文學為
文字藝術的概念，以及國家文學和其他非文字的藝術表現形式（當
然，這也預設了各種國家藝術形式〔國片？〕的存在）的關係之存
在，同時也預設了跟這概念類似但語言與層次不同的文學實體——
如其他國家文學、區域文學、都會中心文學、世界文學——比較之
可能。這種比較之可能性，正是杜瑞信（Dionýz Ďurišin）倡導的比較
研究各文學系統關係之方法源頭。如前所述，建構文學系統，尤其
是國家文學，多半以族群、地理、國家或語言因素為依據，而國與
國之間，或系統和系統之際，這些因素自有互相重疊之處，遂形成
各國家文學的「文學系統國際共同體」（interliterary communities）。
依據杜瑞信的文學國際系統理論，我們可將新加坡的英文文學歸入
下列不同系統，例如：國家文學、區域文學（亞細安文學／東南亞
文學／馬來群島文學）、語系文學（英文文學／新興英文文學），洲
域文學（亞洲文學／亞太文學／跨太平洋文學），國協文學（英聯

邦文學／新興英文文學）等等。因此，杜瑞信明白指出：「國家文學系統顯然設論了文學國際系統的存在，故國家文學系統本身即個體和整體的辯證式統一」（Ďurišin 16）。在做不同歸類時，國語、語言、族群、地理、國家意識等因素，或顯或隱，或一顯四隱，俱可為主導符碼。而在個別國家文學的建構方面，上述諸種因素，何者為主導符碼，則端賴個別實體中的文化計畫。

二、文化計量的理念與設論

　　文化計畫的理念即使不是衍自語言計畫理論，也和語言計畫密切關聯。應用語言學、社會語言學或語言社會學論述語言計畫，使用的相關詞彙如語言工程（language engineering）、語言發展、語言政策、語言規範、甚至語言管理等，涵蓋範疇或主旨雖不盡相同，大體上皆指計畫者「刻意力圖在語言符碼的習得、結構、或功能分配方面左右他人的行為」（Cooper 45）。而且社會語言學家在界定語言計畫時，大多將計畫者局限為政府、官方機構、或政府授權代理單位，例如法國的法蘭西學院（Academie française）、印尼的語言建設和發展中心（Pusat Pembinaan dan Pengembangan Bahasa），或馬來西亞的語文出版廳（Dewan Bahasa dan Pustaka），儘管歷史上不乏個人致力於語言計畫的例子（如巴勒斯坦的本・耶和達 [Ben Yehuda]、英國的約翰生、中國的胡適之等白話文運動家、豪根 [Einar Haugen 1968] 的語言計畫論述裡頭提及的挪威語言學家阿森 [Ivar Aasen]）。易言之，語言計畫意味著改變一實體之語言現狀以期達到

某種目的。費師曼（Joshua A. Fishman）指出，語言計畫的研究，有助於「釐清制訂、實施和評估整個語言政策背後的社會複雜性，……解決社會的語言問題」（1972a：186）。由於語言和民族、傳統、文化、國家認同等問題息息相關，具備傳達民族思想與營造國家的力量，「凡關涉民族主義的論述莫不詳論語言之要緊處」（Louis Snyder 1954；轉引自 Fishman 1972b：44）。語言既然是民族性的聯繫和象徵，保存、推行一種語言，或強化其地位，自是語言計畫的目的與功能；定某語言為國語，選什麼語言為官方用語，自有其象徵性與政治性。

　　另一方面，民族主義也透過語言活動與語言產品——例如文學——彰顯了語言的貢獻。而獨尊國語文學為國家文學，其實是藉文學的功能強化語言的營造國家力量。語言，尤其是母語，和文學互動，透過口述文學和書寫文學或記錄文化（recorded culture），一方面期盼激發民族主義，同時復受民族主義鼓舞，提高駕馭語言的能力，產生文學活動。這裡的「文學」，借用以色列理論家伊達瑪‧易文－左哈爾（Itamar Even-Zohar）的定義，指的是「人們在公共場合或私底下誦讀或閱讀文本或聽人說書的活動」（2005a：107）。而這種文本活動存在於任何社會，扮演促進「凝眾社會文化」的建制角色。同樣的，易文－左哈爾視文化為造就與維繫「社會符號實體」的建制。

　　傳統社會學家多側重文化的內蘊面，視之為一套某社群或實體奉行的準繩、價值、信仰、態度。而這套文化象徵、反映或規範了社會成員的行為思想，構成社會互動。易文－左哈爾則進一步強調文

化乃「構成社會互動的可能選項之匯集或類編」（2005b：77）。他指出「選項」（options）由可能性或行為成規形成，為彰顯社會符號功能模式的工具。但是，某一類編的可能性，未必另一類編也具備（例如，在天主教堂下跪）。現實社會成員從若干選擇性的類編中揀擇範式，構成社會互動行為。因此，一套選擇性的匯集或類編，為一具備社會符號功能的人際互動系統或建制。換句話說，文化乃構成個人或整體生活的要素。文化並非僅是社會上層結構，而是塑造人的行為之所本。沒有文化，任何集群都無以維持個體或群體互動。在易文—左哈爾理論中，「匯集」與「類編」皆指一套彼此相輔相成的文化組成要素，為選擇性的場域。個別要素有何價值，端視彼此間的關係如何而定，這也形成了類編的（非自由）階構性特色。由於文化類編的階構性，誰能掌握或善用文化，誰就擁有權力。易言之，文化知識正是維繫社會地位及左右社會平等的重要標準（參閱 Bourdieu 1984）。另一方面，類編之所以為文化，正在於其獨特本色；實際上，一實體的成員之行為準繩、價值觀念、人生態度不可能人人一致，文化既為現實的社會建築，現實裡頭充斥矛盾扞格、不一致，正彰顯了文化本身的矛盾扞格之處與不一致性。因此類編絕非僅是同質色彩聚集而成。質言之，類編者，乃指集選擇性的諸多類編於一系統之類編文庫。按照易文—左哈爾（1990）的複系統理論（polysystem theory）的說法，天底下沒有單一類編這回事。

易文—左哈爾的上述文化理念構成他的文化計畫七點設論（Even-Zohar 2005b）。茲簡述「易七點」如下：

（一）十九世紀以來，歷史上大小規模集合實體（家、族、社

群、國家）的形成、重組、維持，都有賴文化計量。易
言之，計畫乃文化形成之常態。

（二）文化計畫的施行，旨在促進一實體的社會符號凝聚力；
採納實行文化計畫推動的文化類編者，易產生團結精
神。

（三）此社會符號或社會文化凝眾力乃實體生存或新實體崛起
的必要條件。

（四）文化計畫首重實施成功之勝算。計畫者若要將文化計畫
付諸實行，首要之道不是掌權，就是奪權、或獲當權者
授權。

（五）文化計畫實施成功，掌權者與計畫者取得該實體之主控
權。此乃文化計畫之宗旨，也是實體或群體的生存之
道。

（六）實行文化計畫，當改變現狀，帶來新猷。不過，由於實
施成功機率難免受市場狀況或反抗力量之強弱所左
右，應有受挫之心理準備。

（七）從實體福利的角度看來，計畫就算失敗，也非全是負
面結果。它將帶來活力，改善生活。假以時日，民眾回
頭揀擇曾經拒絕的選擇性，也並不無可能。

「易七點」側重文化計畫的功能及市場的影響力量，強調文學
在國家營造與民族建構中所扮演的角色。至於文化計畫如何施行，
或可能面對之問題為何，則因實例或個案而異。這一方面易文—左
哈爾（1997）另一篇宏文〈打造與維繫實體過程中的文化計畫與文化

抵抗）（ "Culture Planning and Cultural Resistance in the Making and Maintaining of Entities"）論之甚詳，這裡不贅。[2]在先進國家，文化計畫可能是編列預算、分配資源或改變菁英文化和民間文化結構的問題。例如，法國是實行文化計畫政策的國家，一九八一年社會黨一上台即將國家文化預算增加一倍，同時增加地方文化經費，鼓勵全民參與社區藝文活動。當時法國正面臨經濟危機，社會疏離感濃，文化部舉辦各種音樂會、邀請工會等民間團體參與電台節目策畫，希望「利用文化活動來克服經濟危機造成的疏離感」（Crane 153），發揮了文化計畫的功效。而在多族共存的新興國家，文化計畫是更複雜的社會文化問題，例如各族群的意識形態之爭或文化資源分配的利益衝突。新興國家在建國初期，或受殖民主義餘毒影響，或因種族主義作祟，或為政治利益所昧，往往獨尊某一族群的語言文化，排斥其他族裔的文化傳統，以單一文學系統建制國家文學。但是，這樣的文化計畫，並不一定能解決文化紛爭、社會不安或民間疏離的問題。下面即一典型實例。

三、國家文學與文化計畫：馬來西亞的案例

一九七一年八月，由馬來西亞文化、青年暨體育部主導，馬來

---

[2] 參閱 Itamar Even-Zohar, "Culture Planning and Cultural Resistance in the Making and Maintaining of Entities," *Sun Yat-sen Journal of Humnities*, no.14 （Apr. 2002）: 45-52。

裔菁英知識分子在馬來亞大學舉辦了影響深遠的「國家文化大會」
（Kongeres Kebudayaan Kebangsaan），與會者共提出六十篇論文，探
討國家文化大業。兩年後，會議論文集《國家文化的基礎》（*Asas
Kebudayaan Kebangsaan*）由文化、青年暨體育部出版。國家文化大會
的三點原則（國家文化應以本地土著文化為基礎；其他文化中適宜
與恰當之元素，亦可接受為國家文化；伊斯蘭乃塑造國家文化之要
素）成為文化、青年暨體育部實行文化計畫與制訂文化政策的準則
和法源。部長及政府官員在國會或官方場合發言談論國家文化時也
援用此三原則。

　　儘管馬來西亞是個多元種族多元文化國家，在國家文化政策與
論述中，只有國語（馬來西亞的國語是馬來文）文學才符合「國家
文學」的條件，用其他在境內通行的語言（華文、英文、淡米爾文、
伊班文、達雅克文、卡達山文）書寫的文學則只能是「馬來西亞文
學」或「地方文學」（sectional literature）（Fernando 138；陳應德 44）。
易言之，國語文學即國家文學，國語超越了其他文化符碼，成為界
定與建構國家文學的唯一主導符碼。而國家文學的功能之一自是強
化國語的法定地位。就這點而言，國家文化大會的決議和國語法令
如出一轍。早在一九六七年，政府即制訂語言政策以解決獨立以來
各族群爭論不休的語言問題，並在國會通過國語法令，獨尊馬來文
為國家唯一的官方語言。

　　然而，以國語為界定國家文學唯一標準，從讀者或消費人的角
度來看，也似是而非。例如，穆漢末‧哈吉‧薩雷（Muhammed Haji
Salleh）是馬來西亞雙語詩人，若依上述界定標準，他用馬來文寫詩

時作品屬國家文學，用英文創作則不算，即便誠如陳文平（Woon-Ping Chin Holaday）所指出，他「用英文具體呈現了馬來人的認同、歷史和權力」（Holaday 140）。同樣的，馬來詩人畫家拉笛夫（Latiff Mohidin）的第一本詩集《湄公河》（*Sungai Mekong*）為華文／馬來文對照本，譯者為精通馬來文的星馬華文現代詩人陳瑞獻與梅淑貞，由出版華文書刊的蕉風出版社刊行（Latiff 1973）。拉笛夫後來成為馬來西亞重要詩人，獲得國家文學獎，作品譯成英文。問題是，國家文學譯成非國語（仍然是國內族群使用語），還算不算國家文學？在國家或國語的標準下，答案顯然是否定的。

費南寶（Lloyd Fernando）在一九七一年的國家文化大會中提呈的論文即試圖用「國家」與「傳統」的區分來解釋國家文學和地方文學的不同之處，以合理化官方立場二分法邏輯。他指出雖然馬來西亞各非土著族裔文學的中華、印度、英文傳統源遠流長，但是迥異於英人抵達人煙稀少的北美與澳洲新大陸，拓展出英文文學的新傳統，好像火車軌道的支線，「在間斷處或無路可行的空間中止後，重新開始」（Fernando 140），印度人與華人南來，卻是移居已有民族傳統的地方。因此，他認為身為非土著的印裔與華裔作家自然會面對下列三種可能情境：回歸傳統、斷絕傳統、或拒絕抉擇。實際上，由於地理空間與經驗的差異，完全回歸傳統並不可能。因此，一旦作家選擇書寫馬來西亞經驗，他即使不是徹底和過去絕裂，書寫的也是真於祖先原鄉文化傳統的文本。也因此，非國語書寫的文本仍屬馬來西亞文學。只是，反諷的是，依官方論述或費南寶的詮釋，馬來西亞文學並不等於國家文學。

不過，討論什麼是國家文學，什麼不是，或某文本（例如費南寶所推舉的沙農・阿默 [Shahnon Ahmad] 的《荊棘長路》[*Ranjau Sepanjang Jalan*]）何以屬於國家文學，在理論的建設上並沒多大意義。國家文學自然並非自外於政治、社會或經濟因素的產品，也不僅是想像的建構，更是文化計畫的產物。另一方面，文化既是掌權菁英的權力來源，善用文化自有助於掌握權力。國家文學在國家文化藍圖上的任務固然是強化國語的法定地位的文化計畫要點，通過文化大會建制化國家文學，也鞏固了掌權的少壯派菁英的權力地位。在這方面，官方文化機關建制如語文出版局、各級學校課程和考試、與國家文學獎，乃成為語言與文化計畫的其體執行者。

馬來西亞在一九七一年提出國家文化這樣的文化計劃，原是十分複雜的現實政治的產物，反映了文化計畫乃解決社會文化問題的政治和行政行為。在後五一三時代，執政黨的少壯派完成了黨內鬥爭，成為掌控國家機制的權力集團。新經濟政策與國家文化的提出，顯然是新當權者意識到必須凝眾社會文化符號，推動馬來民族主義為新掘起群體的意識形態，以之為馬來西亞民族表徵。而國家文化的宗旨，除了以文化計畫作為重組社會的助力外，更有利於掌權集團進一步控制整個實體，促進社會符號凝聚，產生群體的向心力。一九七一年初，國家行動委員會重新召開國會，將國家機器回歸憲法，但是同時官方文化政策也由獨立以來的自由放任方針（aissez-faire）改為一統化的計畫路線。實際上，國家文化更是一九七〇年公布的「新經濟政策」的文化版本，目的在強化一九六九年五月十三日種族衝突事件後政府規畫的新意識形態「國家原則」，並昭示國

語和土著文化的法定地位不可動搖甚至不可宣疑。新經濟政策以政
府干預、控制的國家資本主義取代過去的自由市場經濟，目的為透
過計畫措施消除貧窮與重組社會。此政策正是經濟政策土著化的肇
始，而政府不讓華商與歐美跨國集團掌控國家經濟命脈的中程目標
也明顯不過。國家文化政策既然是政經意識形態的反映，由六〇年
代的自由主義轉向一元化的文化計畫也就不足為奇了。

　　一九八一年底，國家文化政策實施十年之後，文化、青年暨體
育部開始提出檢討，次年發函廣徵政府各執行機關及社會團體的意
見，以進一步塑造國家文化。非土著民間社團首次有機會對國家文
化政策作出反應，表達不滿，於是華裔與印裔菁英團體積極召開文
化會議，先後於一九八三、八四年向文化、青年暨體育部提呈《國
家文化備忘錄》針對話文教育、文學、藝術與宗教等課題，建議政
府以多元文化主義的理念替代以馬來種族思想為中心的文化建構。
華裔團體的《備忘錄》中指出，從語文角度界定國家文學，結果「馬
來西亞文學」不等於「國家文學」，「在邏輯上是荒謬的，……〔因
為〕任何一族的母語或英語創作的〔作品〕，也都是我們的國家文
學」。它同時認為政府透過文化計畫大力資助鼓勵國語文學，「對
其他語言的文學，則任其自生自滅」，沒納入文化計畫，顯然有失
公平（林木海等 23）。印度裔族群遞呈文化、青年暨體育部的《備
忘錄》則表示以馬來文為馬來西亞文學唯一依據，過於偏狹，應以
作品主題和內容為準（Kua 262）。

　　從上述華印二族群提出要求替換國家文學主導符碼的努力，我
們不難看出，馬來西亞在落實文化計畫時，固然試圖引用一套文庫

或文化類編以凝聚國民意識和社會文化符號；而在國家文學建制的贊助或獎勵下，馬來作家的待遇與地位大為提高，國語文學蓬勃展顏，其他語文文學則相形失色，但由於馬來西亞的多元社會結構，獨尊一族群的文化、語言、產品為國家文化或文學，顯然有違文化計畫促進社會和諧、凝聚社會向心力的初衷。實際上，一九八七年底政府採取大逮捕行動以穩定社會人心與政局的導火線，正是八〇年代中期各族群間對語言、宗教、教育等文化課題的歧見紛爭。另一方面，從國家文化大會三大原則也可以看出，在馬來西亞，計畫者的國家文化觀，仍是建基於傳統的共同價值觀、道德準繩、信仰的理念，一統化色彩濃厚，忽略了文化類編原是集多重類編於一複系統的文庫，應有多重選擇性，多元社會更應如此。

徵引文獻：

Anderson, Benedict（1991）. *Imagined Communicaties: Reflections on the Origin and Spread of Nationalism* [1983]（London: Verso）.

Bassel, Naftoli（1991）. "National Literature and Interliterary System" [1990]. Trans. Ilana Gomel, *Poetics Today* 12.4: 773-79.

Bourdieu, Pierre（1984）. *Distinction: A Social Critique of the Judgement of Taste.* Trans. Richard Nice（Cambridge, Mass.: Harvard University Press）.

Chernov, Igor（1991）. "National Literature: Theoretical Marginalia" [1990]. Trans. Ilana Gomel, *Poetics Today* 12.4: 769-771.

Chin, Holaday Woon-Ping（1988）. "Hybrid Blooms : The Emergent Poetry in English of Malaysia and Singapore." Clayton Koelb & Susan Noakes （eds.）: *The Comparative Perspective on Literature : Approaches to Theory and Practice*（Ithaca: Cornell University Press）, 130-146.

Cooper, Robert L.（1990）. *Language Planning and Social Change* （Cambridge: Cambridge University Press）.

Crane, Diana（1992）. *The Production of Culture : Media and the Urban Arts* （Newbury Park: Sage）.

Ďurišin, Dionýz（1989）. *Theory of Interliterary Process*. Trans. Jessie Kocmanova & Zdenek Pistek （Bratislava: Veda）.

Esman, Milton J.（1990）. "Language Policy and Political Community in Southeast Asia." Brian Weinstein （ed.）: *Language Policy and Political Development* （Norwood, New Jersey: Ablex）, 185-201.

Even-Zohar, Itamar（1990）. *Polysystem Studies*. Topical Issue, *Poetics Today* 11.1: 1-269.

Even-Zohar, Itamar（2005）. *Papers in Culture Research* （Tel Aviv: The Porter Chair of Semiotics, Tel Aviv University）.

Even-Zohar, Itamar（2005a）. "The Role of Literature in the Making of the Nations of Europe" [1994]. Even-Zohar 2005: 106-127.

Even-Zohar, Itamar（2005b）. "Culture Planning" [1994]. Even-Zohar 2005: 77-96.

Fernando, Llyod（1986）. *Cultures in Conflict : Essays on Literature and the English Language in South East Asia* （Singapore : Graham Brash）.

Fishman, Joshua A.（1972a）. *The Sociology of Language : An Interdisciplinary Social Science Approach to Language in Society*（Rowley, Mass.: Newbury House）.

Fishman, Joshua A.（1972b）. *Language and Nationalism: Two Integrative Essays*（Rowley, Mass.: Newbury House）.

Haugen, Einar（1968）. "Language Planning in Modern Norway." Joshua A. Fishman（ed.）: *Readings in the Sociology of Language*（The Hague : Mouton）, 637-681.

Kua, Kia Soong（ed.）（1990）. *Malaysian Cultural Policy and Democracy*（Kuala Lumpur : Resource and Research Centre, SCAH）.

Latiff Mohidin [拉笛夫]（1973）。《湄公河：拉笛夫詩集》/ *Sungai Mekong : Antoloji Sajak Latiff Mohidin*。陳瑞獻與梅淑貞（譯）（八打靈再也：蕉風出版社）。

Moisan, Clement（1991）. "Works of Literary History as an Instance of Historicity." Trans. Carolyn Perkes, *Poetic Today* 12.4: 686-696.

Muhammad Haji Salleh（1995）. *Beyond the Archipelago*（Athens : Ohio University Center of International Studies）.

Tay, Simon S.C.（1995）. "Singapore Poem." *Singapore Booksbrowse*, no.15, 22 Apr., SIFLASH（https://goo.gl/K3zTD2 ）.

林木海諸人（編）（1983）。《國家文化備忘錄特輯》（吉隆坡：全國十五個華團領導機構）。

陳應德（1987）。〈國家文化及馬來西亞公民的文化權利〉。陳祖排（編）:《國家文化的理念：國家文化研討會論文集》（吉隆坡：雪蘭莪中華大會堂），35-54。

† 本文原發表於《中外文學》24.4（1995）：30-43。修訂於 2018.12。

中國影響論與馬華文學

一、馬華文學複系統再界定

在世界文學的脈絡裡，「馬華文學」和其他亞太或歐非地區的中文文學一樣，為存在於中國、台灣、港澳境外的一支中文文學，一支小文學（minor literature）。但是，在馬華文學複系統經營運作的地理空間──馬來亞／馬來西亞，卻至少同時並存著馬來文、華文、淡米爾文、英文四個文學複系統（literary polysystems）。這四個複系統，關係複雜，地位不等，構成了一個多元語文的「馬來西亞文學大複系統」（mega-polysystem），儘管官方論述與文化計畫機構（如教育部、語文出版局）的立場是只有馬來文書寫的作品才有資格被視為國家文學。

另一方面，純粹從語文的角度來界定馬華文學、並無法彰顯其複系統性質。它相當一廂情願地假設華人書寫馬華文學、印度裔寫

淡米爾文文學、馬來人寫馬來文學、馬英文學呢，則是三大種族作家皆有，或英亞混血兒的專利。但是，馬華社群所生產的文學成品，其實並非只以白話中文（漢語）書寫。早在十九世紀，就存在土生華人（或稱峇峇、海峽華人）以峇峇馬來文及英文創作及翻譯的作品。同樣在十九世紀，在中國駐新加坡各任領事的提倡之下，再華化運動興起，新馬古典詩文活動盛行一時。二十世紀中葉，本地創作英文文學興起，馬英詩人中尤多受英語教育的華裔。獨立以來，國語（馬來文）日漸普及，也不乏以馬來文創作的華裔作家。因此，我們應該從一個人類學的角度重新出發，視馬華文學為一包含白話中文文學、古典中文文學、峇峇馬來文學、英文文學、馬來文學的複系統。若有華裔作家以淡米爾文或其他語文書寫，也可在這複系統下自成一系統。也唯有從這樣的論述脈絡來書寫或重寫馬華文學史，方能淡化或異質化中國文學影響論的歷史陰影。

　　不過，在歷史、社會、文學進展的過程中，馬華文學複系統中的若干系統或次系統之命運也不盡相同。峇峇馬來文學早已終止運動，成為歷史現象，如今沒有人會再稱當代華裔作者以標準馬來文書寫的產品（例如林天英的詩作）為峇峇馬來文學；古典文學則在二、三〇年代漸漸退居邊陲，雖然寫古典詩的馬華作者到今天還在書寫舊詩或出版舊體詩集，而且不乏名家（例如李冰人）；由於英文教育在七〇年代以後日趨沒落，馬華英文文學始終在主流之外，若干知名詩人，如余長豐（Ee Tiang Hong）、陳文平（Chin Woon Ping）、林玉玲（Shinley Geok-lin Lim）早已移居他鄉，余長豐與小說家李國良（Lee Kok Liang）已經辭世。如今在馬華文學各種論述與建制空間

當道的，是以白話文為主的現代中文文學。因此，在許多論述裡，
「馬華文學」，指的就是白話文學；這完全是以華文為唯一界定標準
的結果。而受此界定標準影響的馬華文學論述，也就難免獨尊中國
文學影響論了。

二、現代馬華文學與中國影響

　　我們其實不必重新設論中國文學對馬華現代中文文學的影響如
何如何。歷來書寫馬華文學史的人，莫不持中國文學影響論，以中
國五四文學運動以降的新文學對馬華白話文學的影響為切入點。不
過，兩個現代中文複系統之間，到底存在怎樣的影響關係，則有待
進一步釐清。影響研究，一向為比較文學之重要課題，但像「中國
文學對馬華文學的影響」這樣的陳述，顯然失之模糊籠統。比如說，
這種影響，是單向的，還是雙向的？是進出口式的依存關係，還是
中國文學以南洋為境外營運中心？

　　我的看法是，中國文學左右了馬華文學的發展。這裡的「左右」，
我指的是「干預」（interference），而非「影響」（influence）。根據以色
列理論家易文—左哈爾（ltamar Even-Zohar 1978, 1990）的說法，「干
預」乃指「不同文學間的關係，依此關係，甲文學（溯始文學 [source
literature]）可能成為乙文學（轉達文學 [target literature]）直接借貸的
源頭」（1990：54）。在複系統文學理論中，以域外系統為其崛起和發
展的條件之文學系統為「依賴」系統。依賴系統在崛起之際，由於
各種因素，往往受到另一獨立自主的系統的干預，結果溯始文學系

統的文學特質、準繩被移植到轉達文學系統。所謂各種因素，包括
（一）該文學尚新嫩；（二）該文學正處於緊要關頭或真空狀態；
（三）該文學或位居邊陲地帶或文庫虛弱。乙文學選甲文學為溯始
文學，主要是因為甲為正統、當道、主流或耕耘有成的文學系統。
白話系統的馬華文學在新興伊始，以中國白話文學為師，借用其文
庫典律，吸取其養分，原因即在此。

　　馬來亞（含新加坡）的移民華人社會在十九世紀出現後，漸趨
穩定、社會建制（如宗鄉會館、商會、報館、宗教組織、方言及華文
學校、文藝社團等）遂應時而興。這些基層結構也提供馬華文學形
成系統的條件（消費者〔讀者〕、生產者〔作者〕、產品、市場、建
制、文庫〔文化類編〕）。而這個文學系統，一開始就是眾聲雜沓的
複系統。一方面，南來文人（多為學校教員、書記、報社文人等）吟
詩作詞，寫的是文言文學，繼承和散播的是中國文學傳統。另一方
面，生長在峇峇商人世家的土生華人，自幼通曉馬來語，後來或受
私塾華文教育，或受西方英文教育，一旦投身文化志業，便自成一
多聲帶的次系統，既有翻譯或改編自中國傳統章回說部的峇峇馬來
小說，也有以馬來文創作的詩歌（班敦）以及英文詩文，其中以峇
峇馬來翻譯小說的規模最大，產量最豐富，直到三〇年代後才告式
微，近年來已成為學術研究課題。

　　從中國文言文學的發展邏輯及其和社會互動的情形看來，晚清
以來的文言文學系統勢必走上白話之途，五四新文化運動只是加速
其發展罷了。比較之下，馬華文言文學系統處於變動緩慢的馬來亞
社會，除了若干切身利益，殖民地的現實政治不是當時華人的關注

對象，關懷祖國的人留心的是故鄉的動亂及親人的安危，響應遠在中國的知識分子提出的現代化主張與運動，自是理所當然的事。在中國，語言文字因為具備傳達資訊的實用功能，首當其衝，成為改革的對象或現代化的先鋒，隨即負起散播愛國、改革與現代化理念的任務。這對馬來亞華文報紙自是一種衝擊與啟示。《新國民日報》就幾乎和中國報章同步，一九一九年十月即開始在若干版面使用白話文。

由於白話文普及，中國的新文學迅速取舊文學而代之，成為中國文學系統的當道主流，同時也是現代化的象徵。在馬來亞，中國白話新文學不只是一套外來的文本，更是負載新思潮的器具，深具實際效益。華人社會教育不普及，文化階層結構脆弱，沒有條件產生魯迅這樣的作家或胡適這樣的學者，卻又迫切需要傳播新思潮改造社會啟蒙民智，而馬華文學系統仍處於發軔期，文庫空虛，借用他山之石為干預舊文學發展的力量，比本身發動內部革命運動，更能左右系統發展的方向。中國的新文學遂成為馬華文學系統求新求變的範例（model）與典律。馬華文學複系統內部語體、文類、文體準則受到外力的干預而產生權力結構變化：從獨尊舊體詩文言說部的小康局面，到漸以白話創作為主流，古典詩文言的發展受到干預，結果退居邊陲。不過，正如前文所述，如同在中國或台灣的情形一樣。舊體詩的書寫活動從來不曾終止。

中國文學複系統如何干預遠在南洋的馬華文學複系統之發展？一般不同文複系統間的干預多半是透過翻譯。而中國文學和古典或白話馬華文學為同文複系統，馬華文學可以直接借用中國文學文庫，

或成為中國文學在海外的市場，不需假手別人，直接消費和利用「中國製造」的文學產品。不過，在文學運動方面，「南來作家」是很重要的仲介，雖然這些中國作家並不一定是為了要散播文學思潮而下南洋。

古典文學盛行時期前往新加坡的左秉隆、黃遵憲固然也是南來作家，二人其實更是駐外的外交人員，任期一滿便得打道返國，所推行的藝文活動也屬文化計畫，旨在宣揚中華文化。這時期的南來作家中，一度是康梁維新運動的熱心支持者的邱菽園，是移居南洋、耕耘本土文壇的先驅者之一。他創辦或主持過新加坡不少古典詩社，自己也留下至少一千四百多首詩的豐富文化遺產，被譽為「南洋中文古典文學第一人」（Edwin Lee 1984）。二○世紀初，中國正值多事之秋，南來的讀書人，除了那些為求生計或應學校之聘而來者外，多半不是前來鼓吹革命推翻滿清，便是逃避政治迫害。這樣的「下南洋」模式到了民國成立之後並未中斷，只是鼓吹民族主義革命推翻滿清改成鼓吹馬列社會主義罷了。一九二五年底五卅慘案之後，中國文壇從文學革命步入革命文學。文學團體如創造社即以落實普羅文學為己任，左傾的未名社、太陽社及左聯也先後成立。一九二八年，短篇小說家許傑抵達吉隆坡，擔任《益群報》主筆兼文藝副刊《枯島》編輯。其後約一年間，到他於一九二九年十月返回中國為止，許氏大力鼓吹新興文學，對新興文學成為新馬二、三○年代白話中文文學系統的一個重要運動，起了推波助瀾的作用。

新馬新興文學，呼應的正是中國普羅革命文學的口號，只是礙於英殖民政府的法令，不敢在本地明目高舉激進的革命旗幟罷了。

儘管如此，許傑抵馬後的三、四年間，殖民政府當局還是驅逐了數以千計的左派嫌疑者出境。不過，新興文學終究還是二、三〇年代的馬華主流文學思潮，也為馬華文學其後風行四、五十年的現實主義路線奠下了基礎。南洋色彩文學、抗戰文學、愛國主義文學等主張，大致上還是走反映現實、反對個人主義的基調。只有到了六〇年代，受歐美與港台影響的新馬現代主義文學崛起，馬華文學系統才有足以與現實主義抗衡的文學思潮與文庫。我們可以說，中國二〇、三〇年代的普羅、革命文學，透過南來文人與中國文藝書刊進口的仲介，左右了馬華文學運動的方向。另一方面，中國二、三〇年代引進的西方象徵主義與現代主義文學思潮，雖未蔚成主流，在當時的新馬也不是完全沒有回響，只不過在現實主義當道路線的籠罩下，加上南來文人中熱心現代主義文學而掌權的仲介者不多，只能在邊緣地帶發出微弱的聲音。許多年後，文學史家／選家如方修（1974），在編選詩文集或編撰文學史時，仍一本其現實主義文學觀，視這些非主流文本為「病態」、「頹廢」之作。

三、中國影響論的影響

馬華新興文學以降的主流思潮，莫不呼應以上海、北京為主的中國文壇的文藝潮流，以致有人認為三〇年代前後的馬華文學，其實是中國文學的副產品。或只是華僑文學，即中國人僑居海外之作。這個說法既涉及中國文學、馬華文學的定義問題範疇，也可在文學與地方色彩、作家的身分認同等課題範疇內討論。無論如何，儘管

在中國文學論述中不易找到這些作家的足跡，或只有在海外文學這樣的特區論述中才會見到，在新馬的華文文學建制內，三〇年代前後中國人僑居海外之作，包括郁達夫、胡愈之等中國作家的文章，早已被視為馬華文學，收入馬華文學的大系或選集。換句話說，馬華文學不可能從馬來亞獨立那年算起，不可能切斷馬華文學後殖民文本與中國文學文本和中國影響論的系譜關係。而探本溯源，中國文學左右馬華文學的發展，早在十九世紀新馬華人社會形成之際就發生了。其後《新國民日報》在一九一九年十月開始採用白話文，已是大家耳熟能詳的歷史或「史前史」。

將馬華文學擺在中國影響論的脈絡細察，我們可以說，中國的白話文學固然是五四運動的豐收碩果，馬華白話文學自也是該新文化運動輝煌的一面。易言之，與其說馬華白話文學是中國白話文學影響下的產物，不如說兩者都受惠於五四運動。但是，馬華白話文學崛起之初，文言仍當道，華文教育不普及，沒有產生魯迅、徐志摩這樣作家的條件，也沒有胡適、陳獨秀這樣的文學革命軍或文化計畫者，只有副刊，沒什麼文學雜誌或出版社，因此必須依賴同一語文之源頭系統的生產建制與市場支援。該溯始文學—中國文學—的生產模式、美學標準、典律等遂成為轉達文學系統所樂用的典範。

但是，另一方面，中國影響論主導了我們對馬華文學發展方向認知。一直到馬來亞獨立前後，戰後亞洲與國內政治結構改變，中國書刊被限制進口，馬華文學才不得不另謀出路，於是有人進一步正視現實生活環境，歌頌新加坡與馬來亞，有人或假道港台，或直接涉獵原典，向西方現代主義文學取經。到了六〇年代中葉，現代

主義文學系統漸漸成形，中國影響論影響下所產生的刻板、平面的馬華現實主義文庫（含文本、意識形態、表現技巧、母題等）才受到空前的挑戰。

徵引文獻：

Even-Zohar, Itamar（1978）. *Papers in Historical Poetics* （Tel Aviv: Porter Institute for Poetics and Semiotics）.

Even-Zohar, Itamar（1990）. *Polysystem Studies.* Topical Issue, *Poetics Today* 11.1: 1-269.

Lee, Edwin.（1984）"Introduction." Song Ong Siong, *One Hundred Years History of the Chinese in Singapore*（Singapore: Oxford University Press）, v-xv.

方　修（1974）.《馬華新文學簡史》（吉隆坡：華校董總）。

† 本文原發表於《比較文學》別卷（1998）：47-53。修訂於 2018. 12。

（八〇年代以來）台灣文學複系統中的

馬華文學

　　以往馬華文學史書寫不是不太處理「不在」馬來西亞，而在台灣發生的馬華文學現象，就是大而化之視之為「留台生文學」，而台灣文學史書寫也未嘗正視這些頻頻在台灣境內活動的外來寫作兵團和台灣文壇的關聯。倒是在台灣書寫中國新文學史者，往往將馬華文學視為中國文學的海外篇章。例如尹雪曼於一九八三年出版的《中國新文學史論》中即有〈新文學與馬華文學〉一章，理所當然地將馬華文學收編為中國文學。[1]然而，以往馬華文學史或台灣文學史不處理或無法處理的問題，在當今「重寫（馬華／台灣）文學史」的思考中，卻是不得不面對的課題。晚近的重寫文學史計畫，可分別以

---

[1] 尹雪曼在一九七四年出版的《中華民國文藝史》中則將馬華與菲律賓華文文學當作「海外華僑文藝」處理。

黃錦樹與楊宗翰為代表。黃錦樹早在一九九〇年代初即以七〇年代中在台灣叱吒風雲的神州詩社為例，思考馬華留台生作家從馬來西亞帶到台灣的「中華屬性」（黃錦樹稱之為「中國性」）問題，[2]認為神州諸人乃「海外華人的中國文化病症」之表徵（1998：39）。楊宗翰則斷言「馬華旅台文學本來就是台灣文學史的一部分」（楊宗翰99）。馬華文學的「中華屬性」離開了多種語文與多元文化的馬來西亞，來到與海外華人同文同種的台灣文學，究竟是繼續膨脹或萎縮，脹縮原因何在，非常值得觀察。另一方面，馬華文學的「中華屬性」與台灣文學的「中華屬性」他鄉相遇，是異性相吸還是同性相斥，也頗堪探討。不過本文旨在描述這種「不在」馬來西亞的馬華文學現象及其活動模式，不是酷兒論述。

　　馬華文學在台灣冒現，當然不是始自一九八〇年代。早在六〇年代初，留學台灣的華裔馬來西亞學生便積極參與台灣文壇活動，黃懷雲、劉祺裕、張寒等人已在這裡結社、出書。其中一個比較知名的例子是一九六三年成立的星座詩社。星座詩社為一跨校園性文學團體，成員雖為王潤華、淡瑩、翱翱（張錯）、畢洛、林綠、陳慧樺（陳鵬翔）等馬來西亞與港澳「僑生」，但也有若干本地詩人加入，[3]顯然他們並未自我標榜為僑生團體。創社初期，台灣詩人李莎

---

[2] 黃錦樹之外，何國忠、林春美、鍾怡雯等也撰有這方面的論文。我認為在馬來西亞本土的馬華文學中的「中華屬性」，宜和在台灣的馬華文學中的「中華屬性」，及從馬來西亞帶到台灣來的「中華屬性」分開處理，這樣或更有助於釐清問題。

[3] 星座同仁中本地詩人有鍾玲、蘇凌等。

和藍采給予他們的助力最大，藍采不僅是《星座詩刊》創刊號編者，還寫了〈代發刊詞〉。編委之一的陳菁蕾則在創刊號撰文論現代藝術與現代詩呼應藍采的看法，文中提到詩刊宗旨乃「為了解決今日中國現代詩的問題……建立真正的中國現代詩」（陳菁蕾 1）。詩社成立次年四月開始出版詩刊與叢書，至一九六九年詩刊才停刊。一九七二年，星座舊人陳慧樺等和本地詩人李弦（李豐楙）、林鋒雄等創辦大地詩社，出版《大地詩刊》、《大地文學》，至八〇年代初停止活動。[4] 從《大地詩刊》發刊詞中不難看出，詩社同仁以「現代中國文學的工作者」自許，提倡「重新正視中國傳統文化以及現實生活」，並期待「大地的創刊，是中國現代詩的再出發」（〈大地發刊詞〉201）。一九七四年底，馬來西亞霹靂州的天狼星詩社社員溫瑞安、方娥真、黃昏星等人來台升學，並在台北出版《天狼星詩刊》，一九七六年初宣布與天狼星詩社決裂，另組神州詩社，社員中不少台灣本地青年。神州詩社在接下來的四年當中，除了《神州詩刊》之外，還推出了由時報、四季、長河、皇冠、源成等知名出版社刊行的詩集、小說集、散文集、合集與武俠小說多種。溫瑞安等人並在一九七九年另組青年中國雜誌社，出版《青年中國雜誌》，鼓吹「文化中國」的理念。

　　星座詩社、大地詩社與神州詩社分別代表了六、七〇年代「僑生」或外來文藝青年的「中國（文學）認同」的兩種模式。在那些年

---

[4] 依據大地創辦人之一陳慧樺許多年後的回憶，他們原想籌辦的是一本叫《中國文學》的綜合性刊物，後來因故才改為出版詩刊。見陳鵬翔 1992：77。

代，台灣以（自由）中國自居，反映了國民黨的大中國意識形態。因此，視在台灣生產與出版的華文文學文本為「中國文學」，視現代詩為「中國現代詩」，也是順理成章或理所當然的事。例如，巨人出版社在一九七二年推出的文學大系書名即題為《中國現代文學大系》；一九七七年，張漢良與張默替源成出版社編紀弦、洛夫等十家詩人選集，書名就叫《中國當代十大詩人選集》。在這些脈絡裡，「中國文學」為有別於中國大陸文學的「（共產）中國文學」，實際指的是「台灣文學」。明乎此，我們大可說，星座諸詩人所說的「中國文學」或「中國現代詩」，不外也是台灣六、七〇年代當道論述的回聲罷了。其實，詩社同仁們致力耕耘的，還是詩藝（接受歐美文學理念的現代詩藝），目標為實現藍采所說的「堅定真的表現，……做到純粹善美燦爛……」（藍采 1）。他們詩作中「所展現的疏離、孤獨等……主要是思鄉、寂寞，更大程度，還是受到當時宰制文化（反共文學 vs. 現代派、存在主義）與社會風氣的感染」（陳鵬翔 2001：121）。顯然王潤華等人在台灣成立星座詩社，或後來陳慧樺等人成立的大地詩社，以展開他們的書寫事業，除了表示他們認同台灣作為「中國」的政治與文化符號外，也含有不依傍當時其他詩社或「無法忍受《創世紀》和《藍星詩刊》等對詩壇的宰制」（陳鵬翔 2001：103）的意味，同時更企圖藉此「取得進入文壇的通行證」（陳鵬翔 1992：80），希望受到台灣文壇同道的認可。

　　討論馬華文學在台灣文學複系統中的位置，或台灣文學中的馬華文學現象，宜從文學接受研究著手，檢視這些作者是否受到台灣文壇同道認可，或其作品在台灣被接受或流通的情形。一九七二年，

巨人出版社推出上述那套八冊的《中國現代文學大系》，分詩、散文、小說卷，為一九五〇年至一九七〇年的二十年作品選集，相當引人注目。大系由余光中、洛夫、朱西甯、張曉風等九人組成編輯委員會，其中詩卷二冊，由洛夫與白萩編選，入選詩人有七十人之多。大系出版時星座詩社同仁林綠人在美國深造，寫了一篇書評表示他對「詩社同仁竟然無一人『當選』」感到失望與不解（林綠 22）。事實上，林綠在六〇年代中葉的台灣文壇已相當活躍，其他星座同仁如王潤華與翱翱作品也早已入選一九六七年出版的《七〇年代詩選》，更早出版的《大學生詩選》（一九六五年出版）也收入王潤華作品，陳慧樺、鍾玲、蘇凌作品則入選一九七一年編選的《新銳的聲音：當代廿五位青年詩人作品集》（一九七五年出版），顯示馬華詩人王潤華與陳慧樺或星座同仁當年的文學表現已獲得相當的肯定，但在巨人版《大系》詩編者的台灣現代文學典律建構中，竟然成了遺珠。三十年後，陳鵬翔說他們在一九七二年倡立大地詩社，其中一個原因是同仁「無法忍受《創世紀》和《藍星詩刊》等對詩壇的宰制」，「是在挑戰既得利益者和主流論述……是在搞詩壇革命」（陳鵬翔 2001：121），顯然不是無的放矢。

　　夏志清在論文〈余光中：懷國與鄉愁的延續〉中提到，「余光中所嚮往的中國並不是台灣，也不是共黨統治下的大陸，而是唐詩中洋溢著『菊香與蘭香』的中國」（夏志清 388-89）。這句話完全可以借來描述神州詩社的中國（文學）認同。對溫瑞安等人來說，「中國文學」等同「中國」。文學成為想像中國或延續古典文化中國鄉愁的方式。或者說，文學取代了現實政治與地理實體，提供了神州同仁的

「中國想像」空間。但是到了七〇年代中葉以後，台灣在聯合國的「中國」席位早已被中華人民共和國取而代之，失去了想像中國的空間，加上海外保衛釣魚台運動的發酵，本土主義（包括鄉土文學運動）和民族主義逼使生活在這塊土地的人們正視現實，漸漸無法藉唐詩宋詞或六〇年代現代詩等「中國文學」想像「中國」。「中國想像」成為迷思，成為《山河錄》中的假山假水。等到詩（文學）無法滿足這種逐漸被現實戳破的「中國想像」時，溫瑞安只好藉武俠小說來神遊「文化中國」。由於他所觀望與想像的世界是「中國」而非馬來西亞，溫瑞安在台灣那六年間，儘管著作頗豐，卻只有短短一篇兩千五百字的〈漫談馬華文學〉論及馬華文學，而且理直氣壯地視馬華文學為中國文學支流。[5]溫瑞安與神州諸人中的「僑生」將「中國性」從馬來西亞帶到台灣，也在台灣結束他們的「再中國化」之旅。一九八一年初，溫瑞安與方娥真被台灣警備總部以「匪諜」名義判刑後驅逐出境，周清嘯、黃昏星、廖雁平等社員也先後返馬，百人結社的神州終於毀於一旦。

　　七〇年代末、八〇年代初，經過鄉土文學論戰後的台灣文壇，儘管高度現代主義文學風潮已過，鄉土文學並未獨領風騷。本土文化論述與黨外運動尚在醞釀中，要等到八〇年代中期才發酵。在這期間，文學漸漸朝多樣性發展，報章媒體透過舉辦文學獎，成為文學的重要贊助者，甚至左右了文學風氣。在《中國時報》與《聯合報》的文學獎得獎名單中，商晚筠、李永平、張貴興、潘雨桐的名字

---

[5]　對溫瑞安馬華文學觀的批判，可參閱林建國 91-92。

經常出現，他們的得獎作品也獲得批評家的讚賞。四人當中，商、張、潘三人得獎之後在台灣出版了他們的第一本書，而李永平雖然早在一九七六年便已在台灣出版短篇小說集《拉子婦》，但獲得《聯合報》文學獎之後出版的《吉陵春秋》更備受推崇，並為他取得《聯合文學》的資助，先後在北投與南投專事寫作，日後乃有長篇鉅作《海東青》面世。這批馬華作家既未成立同仁文社（如星座、大地），也未再百人結社（如神州），他們各自活動，從參加文學獎起家。因此，我們不妨說，到了八〇年代左右，參加兩大報及其他文學獎已取代了結社或自費出版，成為八、九〇年代馬華作家在台灣「取得進入文壇的通行證」的途徑或捷徑，也開啟了馬華文學在台灣活動的第三種模式。兩大報文學獎歡迎海內外華文寫作人來稿，並未限制非本國公民不得參賽，算是只認作品不認人。二十多年來，兩大報文學獎既「為大馬留台生提供了一片不可思議的成長空間」（陳大為 33），提供這支被陳大為稱作「外來兵團」的馬華寫作人一個相當良好的操練場域，讓馬華文學有機會在台灣大放異彩，同時也供應了台灣文學一批充滿域外風格或異國情調的文本，可謂兩全其美。

　　同樣的，拜兩大報文學獎之賜，七、八〇年代以來，這批得獎作家的作品也入選各種年度詩文選集，儘管入選比例不算特高，例如《九〇年代詩選》只收入陳大為與陳慧樺兩位馬華詩人。和文學獎一樣，選集也是一文學系統中典律建構的重要工程。不過，和以往馬華旅台作家期待被收入各種文選的被動心態不同的是，九〇年代旅台馬華作家進一步主動出擊，在台灣出版、編選各種文類的選集，推銷馬華文學，既達到自我建構典律的功效，也將當代馬華文

學風貌更清楚地展現在台灣讀者面前。一九九五年，陳大為率先編輯《馬華當代詩選（1990-1994）》，第二年鍾怡雯編了《馬華當代散文選（1990-1995）》，黃錦樹在一九九八年跟進，主編《一水天涯：馬華當代小說選》，而陳大為與鍾怡雯於二○○○年合編的《赤道形聲：馬華文學讀本 I》更是典律建構大工程。我自己也在二○○○年九月號的《中外文學》以特約編輯身分編了一個《馬華文學專號》，內容包括論述、創作、書目與訪問。顯然，這些選集與專號提高了馬華文學在台灣的能見度。

　　儘管文學獎只認作品不認人，揭曉之後作者身分仍然公諸報章，讀者也難免對登躍龍門者的外籍身分表示驚訝。黎紫書是誰？誰是黎紫書？就好像人們在一九六二年對西班牙將文學獎頒給祕魯的馬里奧‧巴爾加斯‧略薩（Mario Vargas Llosa）感到訝異。接下來是對得獎者的馬華背景感到興趣。馬來西亞在哪裡？何謂馬華文學？對於最後一個問題，由於坊間書肆或圖書館並無法提供足夠的資料，誠如陳大為所指出，「在台灣，『馬華旅台文學』幾乎等同於『馬華文學』」（陳大為 33），雖然在馬來西亞國內還有「馬華本地作家」群體，而且還是以當道、主流馬華文學自居的馬華文學。

　　將當代馬華文學分為國內與旅台是一種分法。不過我倒傾向視馬華文學為「流動的華文文學」、「跨國華文文學」及「新興華文文學」的例子，尤其是這群散居國外的華文作家。以新興國家的各族英文寫作人為例，奈波爾（V.S. Naipaul）、魯西迪（Salman Rushdie）、穆歌季（Bharati Mukherjee）等人往往游離原籍國，在原殖民國或帝國中心如倫敦、巴黎、紐約或洛杉磯活動。拉丁美洲作家的流動傳

統更為顯著。略薩就曾在巴黎、倫敦、巴塞羅納之間流動。這些作家長年移居歐美國際都會（metropolis / cosmopolis），可能是自我放逐，卻不一定是文化回歸。他們以生花妙筆，將千里達、印度、巴基斯坦或祕魯等第三世界社會深層轉呈於西方資本主義社會文化媒體面前，他們既回返故鄉又超越故鄉。而馬華作家原始來台目的絕大多數是升學，正式身分是「僑生」或「外僑」。作家身分可能是延續未留台前的身分（如陳慧樺、李永平、張貴興），也可能來台之後才取得（如陳大為、鍾怡雯、黃錦樹等）。留台，或者說，留學台北，等於他們的文學成長儀式之旅。一般僑生來台升學時間居留有限，最多四、五年。但是目前在台的這批馬華作家已非一般僑生，他們多半已在台居留至少近十年，或經已入籍台灣。不管自不自覺，他們以新興華文文學作家的業餘身分（他們在台灣的正業多半是教書）在台北與吉隆坡（或亞庇）之間往返（開會或省親），在台北與台北以外的鄉鎮（花蓮、嘉義或埔里）之間穿梭（教書、開會、生活或隱居寫作）。

　　過去我們往往從一個比較宏觀的角度，將這些流動的華文文學視為離散族裔文學。來自中國以及中國周邊華人社會的華人，在上兩個世紀以來，花果飄零般散居五洲四海，也將華文書寫帶到世界各地，或乾脆以英文（如哈金）、法文（如程抱一）或其他外語書寫表意。但是，李永平、黃錦樹等馬華作家留學的是台北這個華人國際都會。事實上，不管他們移居台灣何處，他們的書多在台北出版。台北顯然是當代重要華文出版流通中心之一。除了文學獎之外，這個中心還具備平面與網路媒體、中西文書店、出版社等文化生產或

市場建制，以及一定規模的文學活動與詮釋社群。這樣的文化環境
正是維持台北作為華文文學重鎮的條件與魅力。黃錦樹甚至認為台
北之於李永平等在台馬華作家，「猶如三、四○年代的東京之於日據
下受日本教育長大的台灣青年──以日語寫作的那些人……」（黃錦
樹 1998：28）。而馬華作家並非唯一在台北冒現、崛起的特例。六○
年代以來，菲律賓、香港、新加坡，以及其他世界華文作者早已在
這裡出書。[6]而八○年代末解嚴以來，當代中國大陸作家如莫言、蘇
童、韓少功、賈平凹、張承志、王安憶、殘雪、余華等小說家頻頻在
台北出書，占了台灣文學書市半壁江山，更彰顯了台北的華文文學
國際都會色彩。我們甚至可以說，當代中國文學──尤其是新時期
小說──蓬勃展顏，提供了一九九○年代馬華作者一個崛起的範式，
一個亞洲版的「文學爆炸」模式。這批作家善用台北的優良文化環
境，在這裡形成一個馬華文學風潮，擴散馬華文學：出書、編書，甚
至舉辦研討會，只差沒辦文學雜誌罷了。以《赤道形聲》的編委會
來說，其成員幾乎包括了所有在台的馬華新銳作家，可說是馬華在
台作家相互扶持的表現。

　　這個寄生在台灣的馬華文學風潮由李永平、張貴興、黃錦樹、
黎紫書的小說／林幸謙與陳大為的詩／林幸謙與鍾怡雯的散文所形
成。同樣是馬華九○年代作家，黎紫書屢獲聯合報文學獎，已在台
北出版了兩本小說集，但她並非留台生。這幾個人之間，只有李永

---

[6]　「海外」華文文學作家在台灣出書的情況，請參閱拙文〈流動的華文文學：
世界華文文學論述在台灣〉，《文訊》ns, no.189（2001）：44-49。

平來台前出版過一本中篇；黎紫書也屢獲馬來西亞《星洲日報》的花蹤文學獎，在吉隆坡出版過一本極短篇集；張貴興在七〇年代中葉來台念大學之前，常在馬來西亞的《學生周報》發表小說。但是他們的重要作品都是在台灣出版。過去十幾年來，他們的書由時報文化、遠流、麥田、聯合文學、九歌、洪範等出版社出版，可以說台北幾家主要的文學書籍出版社都出版過馬華文學，成為馬華文學在台灣的贊助者。平心而論，以一個文壇來說，在同一個時期，有七位創作力旺盛的作家在努力實踐，已足以形成一股潮流。

　　二十多年前（1990）黃錦樹還在台灣大學中文系唸書的時候，寫了一篇討論「旅台馬華文學特區」的文章，將台灣，尤其是台北，視為「馬華文學特區」，雖然他自己那時還不怎麼算「特區作家」，寫《治洪前書》的陳大為也還在練法治洪。我自己在若干論文中則認為台北作為馬華文學的活動場域，乃「馬華文學境外營運中心」，借用的是一個經濟與政治作業用詞。黃錦樹與我的用詞可能不當，但我們試圖解釋的是馬華文學在台灣文學複系統中的位置，以及在台灣的馬華文學在馬華文學複系統中的位置。顯然台灣文學擺脫不了馬華文學，儘管寫台灣文學史的人極可能不會把在台灣的馬華文學寫進台灣文學史裡頭，或以台灣文學「副」系統待之。馬華文學在九〇年代興旺蓬勃發展，馬華文學論述躋身學術殿堂，顯然馬華文學也受惠於這批留台作家，才得以以新興華文文學的面貌展顏。即使是發生在馬來西亞的本土馬華文學，多年來也有不少留學台灣的作家在努力打拼，例如陳強華、王祖安、與傅承得，他們多半在留台期間完成作家的「成長儀式」，然後返回故鄉，或教書、或在報館

服務、或開書店，為馬華文學發展做出貢獻。同樣的，商晚筠在一九七七年獲得聯合報文學獎，在台灣出版了第一本短篇小說集《痴女阿蓮》，儘管她回馬之後的發展並不理想，到了一九九一年才在台灣出版第二本小說集，卻是八〇年代馬華文壇重要女作家。而潘雨桐在六〇年代初即留學台灣，八〇年代由聯合文學出版了兩本書後沉寂至今，在台灣書肆名氣也漸漸消失，但他持續在馬來西亞發表作品，是頗受重視的馬華小說家。商、潘二人受台灣出版社青睞，在馬來西亞境外文壇表現搶眼，也提升了馬華文學的地位。

　　歸根究柢，如何描述這批在台馬之間流動穿梭的作家，其實是身分歸屬的問題。到底張貴興算是馬華作家還是台灣作家？究竟入選「中文小說一百強」的《吉陵春秋》是台灣文學還是馬華文學？略薩在九〇年代取得西班牙身分證，具有祕魯與西班牙雙重國籍，並成為西班牙學院院士。但是在批評家筆下，他是祕魯作家，頂多是西班牙語作家。可見文學屬性不一定要跟作家的身分證一致。至於作家該在何處為家，略薩說得更好，他在一篇題為〈文學與流放〉的文章中寫道：「如果作家在故鄉寫作比較好，就該留在故鄉；如果流放他鄉寫得更好，那就該去國離鄉。」因為忠於文學才是作家首要職責（Vargas Llosa 77）。像黃錦樹這樣的馬華作家，由於馬來西亞華人與華文文學的處境，在故鄉書寫並不覺得自在，離開了故鄉，客居他鄉，又感到失鄉之痛（homelessness），這時他的故鄉只能在文學想像裡。基於同樣的邏輯，我們不必到古晉去尋找李永平的吉陵。

　　這批馬華作家在台灣的書寫風格技巧，細究起來，跟在馬來西亞本土的華文文學不太一樣，可以視之為馬華小說或詩的跨國或國

際化現象。但對在馬來西亞的馬華文壇而言，這支在台灣的馬華文學隊伍的文學表現可能是無根的、遠離本土的、非寫實主義的、甚至台灣化的。實際上馬華作家該怎麼寫，寫什麼，跟他們身在何處固然有關係，但關係不大。寫什麼，該怎麼寫，其實是作家一輩子的重要思考課題。李永平寫《吉陵春秋》的時候，替他寫序的余光中說此書空間曖昧，認為「就地理、氣候、社會背景、人物對話等項而言，很難斷言〔吉陵〕這小鎮是在江南或是華北」（余光中 311）。鍾玲到砂勝越的首府古晉去，卻斷言她到了李永平的萬福巷。[7] 到了寫《海東青》的時候，李永平乾脆聲明他寫的是「台北的一則寓言」。張貴興短篇集《伏虎》中作品多屬鄉野傳奇，空間處理也頗曖昧其詞，不過到他寫《柯珊的兒女》中的〈柯珊的兒女〉與〈圍城の進出〉時，已擺脫這個說故事的舊傳統，台北成了他觀望的世界。但是，葉石濤在評這本小說集時坦言：「張貴興除提供動人故事之外，我們不清楚,他究竟要闡明什麼,到底要帶給我們怎樣的訊息？……這本短篇小說集的其餘小說……也同樣具有卓越的文字技巧,卻令人發生小說到底要訴求什麼的疑問」（葉石濤 94）。不過，由《頑皮家族》拉開序幕，他「退回」故鄉，婆羅洲雨林成了《群象》、《猴杯》與《我思念中的長眠的南國公主》的主要場景。黃錦樹評張貴興的《猴杯》時說雨林書寫有淪為（台灣）讀者的異國情調消費之虞,陳建忠則回應道：「這類雨林書寫其生活原非台灣讀者所能想像,

---

[7]　鍾玲的尋跡之旅，詳〈我去過李永平的吉陵〉一文。也請參閱林建國的解讀〈異形〉，《中外文學》22.3（1993）：73-91。

而我們的馬華作家卻執意要在台灣寫其熱帶雨林經驗」（陳建忠 2001）。顯然陳建忠既不瞭解閱讀與想像的關係又不明白寫作這回事。[8]黃錦樹在他自己的兩本小說集中大書特書家鄉的雨季與膠園。橡膠、錫與棕櫚是馬來西亞三種主要天然資源，也是馬華作家的寫實符象。但膠園卻是黃錦樹恐懼、夢魘、挖掘心靈深層或政治黑區的源頭。李永平將古晉寫成吉陵之後，每一個馬來西亞鄉鎮都是吉陵了。不管是居鑾還是美里，到了說故事者筆下，都是既寫實又不寫實的鄉鎮。

　　馬華文學在台灣除了上述三種模式之外，還有另一種常為一般論者所忽略的存在模式。一九八三年，若干馬來西亞留台學生在台北出版《大馬新聞雜誌》，關心國事，批評時政，試圖建立在台灣的「馬來西亞論壇」。次年，大馬青年社成立，出版《大馬青年》雜誌，標榜馬來西亞意識，並舉辦大馬旅台文學獎。在此之前，馬來西亞旅台同學會的台北總會已出版有《會訊》，裡頭也設有文藝欄。《大馬新聞雜誌》出版了「大馬新聞雜誌文學性叢書」多種，其中包括陳強華詩集《化裝舞會》。陳強華來台前已出版了慘綠少年時期的詩集《煙雨月》，大一那年即獲得政大長廊詩社的詩獎第一名，後來擔任詩社社長，主編《長廊詩刊》，積極推動校園詩運，畢業返馬後在檳城的大山腳創辦「魔鬼俱樂部」詩社。此外，大馬新聞雜誌社也出版了羅正文與傅承得的詩集。羅正文跟李永平、張貴興一樣，來

---

[8] 陳建忠甚至指責在台馬華作家「完全無法以書寫台灣生活經驗為內容的作品」，這種說法很容易令人假設他沒有讀過李永平或張貴興的小說。

自砂勝越，在台出版詩集《臨流的再生》及兩本被馬來西亞政府查禁的政論，返馬後任《星洲日報》主筆。傅承得的《哭城傳奇》預告了他下一本重要詩集《趕在風雨之前》的政治抒情基調。傅、陳二人留台期間曾獲大馬旅台文學獎。與《大馬新聞雜誌》、《大馬青年》一樣，大馬旅台文學獎也是留台大馬同學的重要文學活動場域。大馬旅台文學獎也曾經是黃錦樹、陳大為與鍾怡雯在九〇年代初練筆的搖籃，更是擔任評審的台灣作家學者接觸馬華文學的另一管道。近年來，大馬旅台文學獎與《大馬青年》辦辦停停。我最近看到的《大馬青年》是二〇〇〇年出版的第十一期，刊載了一九九八年中舉辦的第十一屆大馬旅台文學獎作品，距離第十期的出版日期，已隔了五年之久。對於陳強華、傅承得、王祖安、羅正文、黃英俊等留台詩人，以及其他返馬的大馬旅台文學獎得主而言，台灣這「文學特區」提供了他們磨練與熱身的空間。例如，陳強華的長廊經驗對他日後在北馬經營詩社編詩刊、寫下一本重要詩集《那年我回到馬來西亞》當不無助益。除此以外，這些人的留台經驗跟台灣文學似乎沒什麼關聯。星座、神州諸人或八、九〇年代馬華得獎作家，或多或少還會有人論及，但是對於這些曾經留台而無意融入台灣文壇的書寫者及與他們類似的前輩，他們在台灣的書寫活動，其實是馬華旅台文學史重要的一章，但是由於在許多人的刻板印象中，馬華旅台文學不是星座與神州諸子的作品，就是得兩大報文學獎的馬華文學，這一批留台馬華寫作人已是漸漸被遺忘的一章。但是他們在這裡編雜誌、辦文學獎、出書、舉辦演講，一個文壇的活動其實也不過如此。

　　從馬華文學在台灣的第一、二種模式看來，這兩批作家的努力主要在於自我實現，或貫徹一己的「中國認同」。兩者與台灣文學的關係其實相當曖昧，既被認可又遭排斥。以第三種模式存在的馬華作家則在完成自己的精神或文學成長之後，以他們在文學大獎的優異表現，成為留台馬華文學的表率或代言人，也成為台灣文學認識馬華文學的途徑。由於第四種模式的留台生馬來西亞意識相當濃烈，相對的，他們在台灣文學複系統中也處於最邊緣位置，甚至並不存在。不過，即使是第三種在台灣的馬華文學活動模式，其在台灣文學複系統中的位置，也屬邊緣地帶，甚至是在模糊地帶：既在系統之內，又在系統之外。或如黃錦樹所說的：「不論寫什麼或怎麼寫，不論在台在馬，反正都是外人」（黃錦樹 1997：4）。換句話說，「在台馬華文學」或「馬華文學在台灣」非但「不在」馬華文學裡，甚至也「不在」台灣文學之內。它既是馬華文學史的一個缺口，也從台灣文學史中間爆誕。爆誕或爆破的目的是尋找出口，以便歸返馬華文學史，還是旨在由此缺口進入台灣文學史，有待觀察。事實上，爆破之後，在台在馬都已是混雜成一團、血肉模糊、面目全非的異形了。台灣文學（史）如何容納與描述這一支「外來寫作兵團」，其實是考驗楊宗翰所說的「台灣的文學界包容力究竟如何」（楊宗翰100），或台灣本土文化是否具備多元主義能力。這也正是文學史需要重寫或重建的理由。

徵引文獻：

〈大地發刊詞〉（1972）。〈文獻重刊〉，《中外文學》10.12（1982）：201。

Vargas Llosa, Mario（1998）. "Literature and Exile" [1968]. *Making Waves : Essays.* Trans. John King（New York : Penguin），75-78.

余光中（1996）。〈十二瓣的觀音蓮：序李永平的《吉陵春秋》〉[1986]。《井然有序：余光中序文集》（台北：九歌出版社），311-319。

林　綠（1974）。〈評《中國現代文學大系》〉。《當代文藝》no.105：17-24。

林建國（1993）。〈為什麼馬華文學？〉[1991]。《中外文學》21.10：89-126。

夏志清（1979）。〈余光中：懷鄉與鄉愁的延續〉[1975]。周兆祥（譯）；黃維樑（編）：《火浴的鳳凰：余光中作品評論集》（台北：純文學出版社），383-390。

莫　言（2000）。〈超越故鄉〉。《會唱歌的樹》（台北：麥田出版），161-191。

陳大為（2001）。〈躍入隱喻的雨林：導讀當代馬華文學〉。《誠品好讀月報》no.13：32-34。

陳建忠（2001）。〈失鄉的歸鄉人：評黃錦樹編《一水天涯：馬華當代小說選》兼及其他〉。馬華文學資料庫，《Roodo 樂多日誌》17 July 2006（http://blog.roodo.com/sks 6912sks/archives/1895653.html）。

陳菁蕾（1964）。〈現代藝術與中國現代詩〉。《星座詩刊》no.1：1。

陳鵬翔 [陳慧樺]（1992）。〈校園文學、小刊物、文壇：以《星座》和《大地》為例〉。陳鵬翔與張靜二（編）：《從影響研究到中國文學：施友忠教授九十壽慶論文集》（台北：書林出版公司），65-82。

陳鵬翔（2001）。〈歸返抑或離散：留台現代詩人的認同與主體性〉。林明德

（編）：《台灣現代詩經緯》（台北：聯合文學出版社），99-128。

黃錦樹（1997）。〈非寫不可的理由〉。《烏暗暝》（台北：九歌出版社），3-14。

黃錦樹（1998）。〈緒論：馬華文學與在台灣的中國經驗〉。《馬華文學與中國性》（台北：元尊文化），27-45。

楊宗翰（2000）。〈馬華文學與台灣文學史：旅台詩人的例子〉。《中外文學》29.4：99-132。

葉石濤（1989）。〈評張貴興《柯珊的兒女》〉。《文訊雜誌》ns, no.1：92-94。

鍾　玲（2000）。〈我去過李永平的吉陵〉[1993]。《日月同行》（台北：九歌出版社），19-29。

藍　采（1964）。〈詩的表現風格：代發刊詞〉。《星座詩刊》no.1：1。

† 本文原收入陳鵬翔、張靜二編《二度和諧：施友忠教授紀念文集》（高雄：中山大學文學院，2002）。

典律與馬華文學論述

一、典律

　　文學系統，必然由不同的文學群體與次群體形成。即使天底下真有一言堂的文學系統，也會有地下文學系統與之互別瞄頭，以彰顯文學總已存在的社會效用，在這網路時代尤其如此。文學典律（literary canon），即文學系統群體或次群體之當權派（至少是擁有一定的權力資源者）在某段時間自許多文本中選取認可的一套文本。這至少意味著（一）文本的典律性受掌握文學建制權力資源者所左右；（二）一文學系統裡頭不可能只有一套典律，因為每一次群體都會奉本身認可的一套文本為典律；（三）任何一套典律都有所局限，只選取某些文本，而非一網打盡文學建制所生產的所有文本；（四）因此，典律化必然屬於選取性運作，勢必難免「以部分代表整體」；（五）既然有所選擇，文學典律必然是排他性、評價性的；

易言之，典律建構者所選取的只是一套某方認可的文本；（六）因此，任何一套文學典律都會有所遺漏；（七）由於意識形態不同，任何一套文學典律都難免遭受當代其他群體或次群體或不同時代的文化人非議、排斥、挑戰。

　　文學典律，因此，不只是一套具體的、物質性的文本，更是抽象性的思想與價值體系的框架，為文學環境生態的一環，有助於我們瞭解文本的文學價值與實際應用功能及其來龍去脈。換句話說，我們必須把文學環境擺在文學典律的脈絡來談，方能彰顯典律的功能，反之亦然。我們何以需要典律或典律的概念？或者說得更具體些，我們何以要自許多文本中選取一套認可的文本？因為（一）生也有涯，沒有人有能力或需要讀遍一文學系統的所有文本；（二）並非一文學系統的所有文本都值得遍讀或流傳；（三）文學作品何其多，選本、讀本或課本無法大小通吃，全部包羅；（四）一般讀者甚至專業讀者初涉某作家、文類、斷代，由於上述因素，需要有個切入或介入點。

　　明乎此，我們可以借用浮勒（Alaister Fowler 1982）的說法，視一文學系統古往今來所有現存文本為潛在典律（potential canon），因為只要文本存在，就有被閱讀的可能，而閱讀勢必涉及典律的概念與運作。此外，讀者的閱讀行為有賴於作品唾手可得（例如市面上或圖書館普遍流通的各種選集、普及本、再版或重印本、古籍新刊）；反之，如果只存目而無書，也就沒有被閱讀、被驗證其經典性的可能。因此，我們談典律，不能空談，必須顧及可取得典律（accessible canon）之實際性。專業讀者（如選集編者）披閱潛在典律與可取得

典律，明辨沙石珠玉之後，選輯出一套心目中的經典之作，以利教學、批評、流通或供一般讀者閱讀之用；此類文本或讀本，浮勒稱之為選輯典律（selective canon）。前文將文學典律界定或限定為「文學系統群體或次群體之當權派在某段時間自許多文本中選取認可的一套文本」，指的就是選輯典律。潛在典律的指陳旨在描述客觀存在現象，爭議性不大。可取得典律與選輯典律涉及實際的取捨行為、詮釋權與價值觀，比較具有爭論性。

另一方面，界定了文學典律，指出其可能類別、分類原則及功能，並不表示文學系統內各次群體個體必然認同文學典律的個體對典律的思考架構不同。關於典律，一文學系統可能同時存在利文司敦（Livingston 1996）所提出的下列四種設論：

（甲）典律的存在乃理所當然，一文學系統內自有某些文學作品稱得上是經典之作，值得列入典律之林。

（乙）典律的存在乃理所當然，可是沒有稱得上是經典之作的文學作品；在經典缺席之下，光有典律之名，而無典律之質。

（丙）典律的存在，無從認定，雖然不乏稱得上是經典之作的個別文本。

（丁）典律的存在，無從認定，也沒什麼個別文學文本稱得上是經典之作。

這四種不同的典律觀念之別可以下列簡表清楚顯示：

	甲	乙	丙	丁
典律	✓	✓	✗	✗
經典文本	✓	✗	✓	✗

〔表一〕

　　文學典律形成的兩個實際的主要建構元素為選輯與論述。選輯
為典律形成之基本途徑，也是文本典律化的具體現象。下列即應用
選輯原則建構文本成為典律的幾種方式：

（一）選集

（二）大系

（三）文學獎、徵文比賽

（四）教學課本

（五）翻譯

　　除了涉及選輯原則外，典律之形成還需要詮釋社群（interpretive
community）各種形式的論述之推波助瀾。一個文學系統要正常運作
和發展，除了要有一套本土的文庫資源，有人生產創作文本，有人
贊助出版，有市場銷售發行，有產品流通，有人消費閱讀外，還得
有人針對文本評價論斷一番。[1]易言之，文本藉由論述而被建制化。
下列為文本被詮釋社群建制化的幾種論述形式：

---

[1] 易文—左哈爾（ltamar Even-Zohar）挪用雅克慎（Roman Jakobson）五〇年代的
言談構成理論，指出文學系統運作包含建制、文庫、市場、產品、生產者與消
費者六大元素。本文之文學系統思考即借貸易文-左哈爾的概念。詳 Even-Zohar
1990：31。

（一）文學史

（二）評論（書評、作家論、文本分析）

（三）論戰

（四）序跋（自序、他序、後記）

（五）作家傳記

（六）研討會

二、典律與馬華文學論述

從上述典律研究的觀點察看三〇年代以降的馬華文學論述，當可發現，馬華文壇紛爭多而建樹少，多半是因為論者缺乏正確的典律觀念。缺乏正確的典律認知，並不表示沒有選輯與論述行為。相反的，如同所有的文學系統，馬華文學系統的文庫（repertoire）、建制與市場和生產者的選輯與論述行為息息相關。這篇論文的第二部分即分別舉選輯與論述的若干實例來彰顯典律或典律之爭在馬華文學系統的建制化意義。下面僅舉選集與大系的例子。

馬華文學史上合乎典律構造性質的選輯行為，始自何時，尚待考證。五〇年代張復靈編《馬來亞青年散文選》（馬來亞週刊出版社，1953）、蕭冰等人的《馬華青年創作集》（星洲日報社，1954）雖屬典律自造或自我典律建構（self-canonization）的例子（廣義而言，所有的出書行為都屬於典律自造或建制化之舉），但書名冠上「馬來亞」、「馬華青年」之類的修飾詞語，其典律性也就較一般單行本強烈，可以做為討論的切入點典律建造者「以部分代表整體」或「以

偏概全」的傾向。

　　固然所有單行本都具典律建構色彩，合集、選集顯然是以「人多勢眾」的擬集體性來強化其進入典律之林的意圖與合理化其「以偏概全」的傾向。這裡要指出的是；一九六○、七○年代的馬華文學系統，其實是一個雙中心的文學建制──現實主義文學與現代主義文學並立當道，同為主流。誠如沙維（Zohar Shavit）所指出，一文學系統內「雙中心同時運作的現象並不罕見」（232）。馬華文學即其中一例。缺乏正確的典律認知，或過分強調某套典律的代表性，往往視馬華文學的現實主義／現代主義之爭為中心／邊陲之互動結構，而無從彰顯其雙中心性質。不過，從典律的觀點來看，雙中心建制的各別中心之典律建構者往往以同質性為選取原則，尤其容易流於「以偏概全」。儘管就選集的性質而言，所有的選集其實都是「以部分代表整體」，但以己方之部分涵蓋「異己」或「他者」的部分而為整體，顯然忽略了文學建制的複系統性（polysystemicity）。

　　奉現實主義為書寫圭臬的馬華文化人，早在六、七○年代之前即已建立其運動中心，以報紙文藝副刊為發表園地，沿續二、三○年代以來的五四主流文藝觀。馬華文學的現實主義，並非傳統西方文論的寫實主義（realism），而是二、三○年代中國新興文學的餘緒，近似自然主義，並呼應中華人民共和國建立後的文藝路線，除了強調反映現實外，也主張文學有一定的服務對象。另一方面，五、六○年代崛起的各文類作者仍創作不輟，耕耘有成，也發揮了一定的影響力。尤有進者，方修編纂的幾部大系與選集先後出版，強化了馬華現實主義文學的典律地位，馬華文學也終於有了選輯典律，「使

我們今天對馬華文學的一切思考成為可能」（林建國 1997）。不過，不管是孟克編《馬華短篇小說選》（宏智書店，1963），或方修在六、七〇年代編纂的幾套選集，如《馬華新文學選集》（四冊；世界書局，1967-1970）、《馬華新文學大系》（十冊；世界書局，1970-1972），其實也是「以部分代表整體」意識主導下的產物。林建國在〈等待大系〉文中說得好，「方修戰前《馬華新文學大系》的編纂，由於對批判寫實主義的堅持，所收錄詩作無法讓我們看到象徵主義和其他流派詩作在馬華文學史上的試驗、流傳與傳承，對我們是不小的損失，使得相關整理和研究的工作必須從頭來過」（1997）。不過，話說回來，論規模之大，典律建構色彩之濃，馬華文壇至今仍無出方修其右者。

　　從六〇年代到七〇年代初期的馬華文壇，現代主義文學持續發展。在六〇年代最後一年再度革新的《蕉風月刊》，結合了星馬二地的作者，加速現代文學落實本地化的文化計畫與編輯政策，先後推出詩、小說、戲劇、馬來文學等專號，可謂貨色齊全、質量俱佳，為現代主義文學陣營的重量出擊。新加坡的寫詩同道也出版了《新加坡 15 詩人新詩集》（五月出版社，1970），賦予詩人自己的作品及現代主義文學典律的地位。完顏藉（梁明廣）執編的兩個現代文學園地雖已停刊，他與陳瑞獻在星洲合編的《南洋週刊》文藝版《文叢》卻每個星期天隨《南洋商報》流通星馬兩地，散播了不少當代西方文學思潮與文化現象。在馬華文學複系統裡頭，經過六〇年代的播種與耕耘，現代主義文學系統已擁有基本生產者（作者、編者等）與消費者（讀者）和公共空間（行銷市場與發表刊物、大專學院

的回應），建制化已告完成，可以說現代主義文學業已自成一新崛起中心。但是在文本的典律建構方面，顯然有所不足。

　　這種典律焦慮或缺憾，乃由《蕉風》編輯室編《星馬詩人作品選》（蕉風出版社，1969）、李木香編《砂朥越現代詩選（上集）》（星座詩社，1972）、溫任平編《大馬詩選》（天狼星詩社，1974）、張樹林編《大馬新銳詩選》（天狼星詩社，1978）等詩選所填補。這幾冊詩選收入的是屬於現代風格的作品，可是除了《砂朥越現代詩選（上集）》，其他的卻冠上「大馬」或「星馬」之名，可以說也都具有「以部分代表整體」的動機或文化政治潛意識。冠上「大馬」或「星馬」之名，和方修或周粲所編的詩選一樣，旨在以具體的文本表現展示或爭回界定與詮釋本地華文詩的權力，這一立意在溫任平的《大馬詩選》編後記〈血嬰〉中的論述顯露無遺。不過，從上述選集都是詩選這樣的現象看來，散播現代主義文學理念的馬華文化人，儘管心存典律焦慮，在典律建構方面的努力，顯然不夠全面。

　　《大馬詩選》、《大馬新銳詩選》等選集乃溫任平的典律建構思考架構下的產品。而七〇年代最具規模的典律建構工程，如前所述，當非方修所編纂的幾部馬華文學大系和選集莫屬。表面上看來，兩人各行其是（或各行其非？），沒有交集之處，但從典律的角度觀之，則兩人的選輯政治潛意識其實差別不大。黃錦樹也曾指出，溫任平的典律建構，「其實和方修的《大系》具有同樣的性質〔，〕仍然是某種文學史觀下的產物」（1996：222）。方修的典律建構志業並未在《馬華新文學大系》出版後中輟。七〇年代末，他開始出版《馬華新文學大系（戰後）》（四冊；世界書局，1979-1983），雖

然早在《馬華新文學大系》面世時，新加坡的教育出版社已開始推出李廷輝、孟毅、苗秀、趙戎、鍾祺等人編纂較為兼容並收的《新馬華文文學大系》（八冊，1971-1975）。溫任平也在八〇年代繼續其未竟之功，策劃了馬來西亞華人文化協會的《馬華當代文學選》（一九八四年出版馬崙編《小說》卷，一九八五年出版張樹林編《散文》卷，詩與論述迄今未見出版）。此外，八〇年代的馬華文學典律建構尚有威省客廳公會青年組編《一九八一年度文選》（棕櫚出版社，1983）與馬漢編《一九八三年馬華小說選》（長青貿易公司，1983）。其他涉及選輯原則的典律建構形式，例如文學獎、徵文比賽、教學課本、翻譯，同樣值得仔細探討。

論述方面實例繁多，不必詳述，這裡僅舉三例。例子一，方修自六〇年代以來的文學史書寫，即詮釋社群馬華文本建制化的典型論述形式。詮釋社群向來是馬華文學系統最弱的一環；缺乏嚴肅的評論，詮釋社群無從建立，也是馬華文學不景氣的原因之一。方修的歷史書寫自有其貢獻，而且將其文學史書寫和他所編選集或大系配合閱讀，當發現二者的確有其一貫性，也都是方修現實主義文學（史）觀的實踐。此外，趙戎的作家論文章，對我們今天重估其論述對象在文學史上的地位頗有參考價值。

例子二，溫任平撰述〈馬華現代文學的意義與未來發展：一個史的回顧與前瞻〉（1978）等宏文、編輯《憤怒的回顧：馬華現代文學運動二十周年紀念專冊》（與謝川成、藍啟元合編，天狼星出版社，1980）回顧與展望現代文化的歷史脈絡，既是文學史式的論述，也是現代文學建制化的行為模式，使他在七〇年代儼然「成為馬華

現代主義文學（史）的代言人」（黃錦樹 1996：222）。值得一提的是，溫任平（1974, 1978）曾在不同的文章指出馬華文學第一首現代主義詩作為自垚的〈蘇河靜立〉，[2]溫氏當年的說法也得到若干同輩詩人（如艾文和周喚）的認同，但是陳應德在八〇年代卻持不同看法。[3] 這是一個建構典律、拆解典律（decanonization）、修正典律或重建典律的例子。溫任平意圖建立的是馬華現代文學典律的系譜。陳應德（1991, 1994, 1997）的考掘拆解了溫任平所建構的典律，替馬華現代詩找到一個新的起點，重新結合了現代詩和新詩原本斷裂（在六〇年代的文學派別論戰之後）的歷史淵源。不過，陳應德的開放典律之舉也產生了新的問題：到底什麼是馬華文學的現代主義詩風？其現代質地何在？

　　例子三為九〇年代初在馬華文壇引起風風雨雨的「經典缺席論戰」。[4]這其實是一場論者的不同典律認知在無交集點的情況下鬥陣的無謂之爭。依據前文所列不同次群體或個體可能同時存在對典律的四種思考模式或設論，夏梅 [陳雪風]（甲）認為馬華文學典律的存在乃理所當然，馬華文學系統內自有某些文學作品稱得上是經典之作，值得列入典律之林，而黃錦樹（乙）肯定的是典律的存在，可

---

[2] 刊於《學生周報》（第 137 期）6 March 1959。溫任平至少在〈馬華現代文學的意義與未來發展：一個史的回顧與前瞻〉與〈寫在「大馬詩人作品特輯」前面〉二文中如是說。

[3] 陳應德在〈馬華詩歌發展簡述〉、〈馬華文壇早期的現代詩〉等文中指出威北華（魯白野）一九五三年的〈石獅子〉才是第一首馬華現代詩。

[4] 即夏梅[陳雪風]與黃錦樹的一九九二年的那場筆戰。

是以他的美學標準衡量，馬華文學還沒有稱得上是經典之作的文學作品，光有典律之名，而無典律之實，因此可謂經典缺席。甲乙雙方各在不同軌道的集（set）內論述，運用不同的認知模子及取樣方法，各有其洞見與不見之處，視野和結論不同也就在所難免。在學術上，不同集的論述當然可以對話或整合，不過，二人的爭論，其實隱含對典律的詮釋權之爭。話說回來，黃錦樹「神聖經典化」典律，未免陳義過高。他的經典得回到「典律」（canon）的字源去找，亦即希臘文 kanon 一詞所蘊含的「標竿」與「規範」之意，而無關客觀存在的文本，雖然他又認為入選還不存在的當代《馬華文學選》的文本應「在專業水準上足以和中國、台灣文學匹敵且深具當地意義者」（1995）。易言之，黃錦樹的神聖經典只有在典律概念浮現時才存在，其功能在指認經典（classic），和本文第一部分陳述的典律理論並不盡相同。

三、結論

　　既然典律為所有文學系統的運作條件之一，馬華文學自也不例外。至於這些潛在典律、流通典律、或選輯典律之中，有沒有經典之作，基於每個詮釋者的美學標準不一，誠屬見仁見智。只要對典律有應有的認知，當知沒有人擁有唯一的典律詮釋權；過分強調某種文學史觀，對雙方心中漸趨整合或混合的八〇年代馬華文學系統並無多大助益。

徵引文獻：

Even-Zohar, Itamar（1990）. *Polysystem Studies*. Topical Issue, *Poetics Today* 11. 1:1-269.

Fowler, Alastair（1982）. *Kinds of Literature: An Introduction to the Theory of Genres and Modes* （Cambridge, Mass.: Harvard University Press）.

Livingstong, Paisley（1996）. "Justifying the Canon." *The Search for a New Alphabet: Literary Studies in a Changing World* （Philadelphia: John Benjamins）, 145-150.

Shavit, Zohar（1991）. "Canonicity and Literary Institutions." Ilrud Ibsch et al. （eds.）: *Empirical Studies of Literature: Proceedings of the Second IGEL-Conference*. （Amsterdam-Atlanta: Rodopi）, 231-238.

林建國（1997）。〈等待大系〉。《南洋日報》18 April：5。

夏　梅 [陳雪風]（1992a）。〈禢素萊‧黃錦樹和馬華文學〉。《南洋商報》15 July:15。

夏　梅 [陳雪風]（1992b）。〈批駁黃錦樹的謬論〉。《南洋商報》16 Sept：7。

陳應德（1991）。〈馬華詩歌發展簡述〉[1989]。戴小華與柯金德（編）:《馬華文學七十年的回顧與前瞻：第一屆馬華文學研討會論文集》(吉隆坡：馬來西亞華文作家協會），121-153。

陳應德（1994）。〈馬華文壇早期的現代詩〉[1993]。《國際漢學研討會論文集》（吉隆坡：馬來亞大學中文系暨馬大中文系畢業生協會），184-192。

陳應德（1997）。〈從馬華文壇第一首現代詩談起〉。馬華文學國際學術研討

會，28 Nov.-1 Dec.，馬來西亞留台校友會聯合總會，吉隆坡。

黃錦樹（1992a）。〈馬華文學「經典缺席」〉。《星洲日報》28 May。

黃錦樹（1992b）。〈對文學的外行與對歷史的無知？〉。《星洲日報》11 August。

黃錦樹（1995）。〈選集與馬華文學重建的時機〉。《南洋商報》1 Sept.。

黃錦樹（1996）。〈選集、全集、大系及其他〉。《馬華文學：內在中國，語言與文學史》（吉隆坡：華社資料研究中心），219-223。

溫任平（1974）。〈寫在「大馬詩人作品特輯」前面〉[1972]。溫任平（編）：《馬華文學》。（香港：文藝書屋），3-10。

溫任平（1978）。〈馬華現代文學的意義與未來發展：一個史的回顧與前瞻〉。《蕉風月刊》317：83-101。

† 本文原收入江銘輝編《馬華文學的新解讀：馬華文學國際學術研討會文集》（吉隆坡：馬來西亞留台校友會聯合總會，1999）：229-35；修訂於 2018.12。

海外存異己;或,馬華文學:
朝向一個新興華文文學理論的建立

　　台灣作為南島語族源頭的理論,近年來在考古學界頗為盛行。不過,近日美國休士頓大學人類基因研究中心的基因研究學者卻提出不同的說法,推翻了這個「台灣原鄉論」(陳希林 2000)。他們指出印度尼西亞才是南島語族移民擴散的中心,其遷移路線有二,一支北上前往台灣,另一支南移波里尼西亞。其實,在這對立設論出現之前,人類學家早已指出,中國華南一帶乃南島語族發源地,其遷移路線也有二,一支往東南移居台灣,另一支南下東南亞,遠至澳洲。這個最新的「印尼原鄉論」只不過是眾多說法中的一種,尚有待考古出土實據的驗證。

　　引述這則報導,乃對黃錦樹所拋出的玉回投以磚的意思──這也是人類學觀點。[1]不過,主要還是這則報導讓我想起離散各地的華

---

[1] 黃錦樹拋磚引玉的宏文為〈反思「南洋論述」:華馬文學、富系統與人類學視

裔族群及其文學表現樣式。這些中華人民共和國以外的華社中以華文寫作的人數或多或少，形成大小不一的華文文學複系統，跟公民權或居留權隸屬國的國語文學系統關係也有別。今日中國的文學史建構者，雖不再把外國華人一律當僑胞，卻仍以中央自居，從中原觀點出發，視這些域外華文文學作品為「海外華文文學」或「世界華文文學」。台灣的情形也差不多。固然中華民國籍作家旅居國外而繼續寫作者大有人在，更多在東西洋國土舞文弄筆的華裔作家不是土生土長，就是落籍斯土，其人文化屬性或屬於中華一脈（口操各種華語與方言、讀寫華文、吃中華料理、信奉道教或佛教、受儒家道德倫理思想規範等），[2] 公民身分則隸屬各國，故其文藝作品一概冠之以「華僑文學」或「僑民文學」，並不盡周延。要不然就是跟中國一樣，稱之為「海外華文文學」或「世界華文文學」，而所謂「世界華文文學」，並不包含台灣文學或中國文學。簡而言之，中國或台灣的華文文學論述，依然不脫中央／邊陸二分的意識形態，仍是一統天下——而非複系統——的文學史書寫政治。但是，中國文學或台灣文學的文庫（repertoire）或「基因型」（華文、成語、詞彙、古典、神話、文類等），「海外華文文學」自然具備；反之，

域），見拙著《南洋論述：馬華文學與文化屬性》代序，頁 11-37。

[2] 我只能說「文化屬性屬於中華一脈」；事實上，「華人」就是具華人血統的人種；這是套套邏輯，也是常識。文化其實是生活習性氣質的養成，跟血統並無必然關係，「華人」大可信基督教、吃漢堡熱狗、只講英文（如北美澳洲三代成峇的華裔）；或信伊斯蘭教、吃馬來料理、穿沙籠（sarung）、戴宋閣（songkok）、不（會）說華語，還是「華人」，不是「卜米」（Bumi）。

「海外華文文學」的表徵印記，並不（可能）見於中國文學或台灣
文學。中國文學或台灣文學中如果出現「海外華文文學」的若干特
質，可能變成異國情調、志怪文學、或旅行文學。可見「海外華文文
學」其來有自。拋開「馬華文學獨特性」之類的東西不談，各地的華
文文學書寫，套句翻譯研究的成語，其實是「形似而神不似」，無法
以中央／邊陲或主流／支流區別之。「海外華文文學」或「世界華
文文學」的概念，也不足以描述這些星散四海的華文文學複系統。

　　中國文學旅行或遷移海外境界，早已是（比較）文學史上不爭
的事實。遠的不說，在東南亞，翻譯或改寫的越南文、泰文、印尼文
或馬來文的傳統古典或通俗說部，其數量之多，足可證明中國文學
向來不乏外流的仲介（書刊出口、學堂教材、翻譯）。[3]但是華文文
學在這些「僑社」的發生，卻複雜得多。中國人飄洋過海的形態，學
者如王賡武、顏清湟、麥留芳、張奕善等人早有研究成果，這裡毋
須贅言。以星馬為例，華人社會的建立，乃至略具規模，實乃拜歐
人殖民主義之賜。雖然在十九世紀初之前，早已不乏中國人流徙海
外建立「公司」，[4]或遊走經商的例子，但是幾乎沒有人會將這些個
例或小規模的聚落和華文文學聯想在一塊。在十九世紀建立的海峽
殖民地華人社會，既有早已定居三洲府的華人及其後裔（已「三代
成峇」的海峽華人），也有中國華南一帶來的新客（苦力、教書先

---

[3] 詳 Salmon（ed.）1987。

[4] 例如「蘭芳公司」，詳羅香林，《西婆羅洲羅芳伯等所建共和國考》（香港：
中國學社，1961）。

生、商人、家眷），還有清政府派來的公務員，逃避清廷緝捕的異議分子或革命黨人，在報社成立後則有文人或文化人南來。在二十世紀之前，這個中國境外華人社會的藝文活動，多限於吟詩唱和，書寫活動也多半是信札家書，華文報章以報導故鄉為主，並有若干篇幅讓讀者茶餘飯後著文抒懷。大體上，就新文學而言，這是屬於「前文學」時期。中華民國政府成立之後，中國政治進入多事之秋，內憂外患天災人禍不下於前朝，中國作家文人下南洋，或糊口、或避秦、或辦報、或教書、或宣傳抗日，這些人來來去去，有些留下了詩詞文章，人卻返回祖國去了，有些則是人與文都留了下來，成為「南洋文學」或「馬華文學」的一部分。新客與他們的後代中，也有人返回原鄉受教育、經商、革命、抗日，他們其實也是來來去去，有的是歸人，有的是過客。在這段殖民地時期，馬來亞與新加坡可說是「中國文學境外營運中心」。因此，客觀地說，在馬來亞脫離英國殖民統治之前，南洋華人身分不明，沒有馬華文學，只有海峽殖民地或各馬來邦的華文白話或文言文學書寫活動。這些（延異的）書寫活動，既是中國作家創作活動的延續，也是馬華文學的試寫或準備。說殖民地時期文學則可，說「馬華文學」和中國新文學同步發聲，其實是抬高馬華文學的身價。不過，這不表示說這個時期沒有土生華人作家的華文作品，沒有本土化運動，或缺乏（中國僑民作家或土生華人作家的）傑構。但傑構或經典的建構或鑑定，有賴於詮釋社群（批評家、文學史家、理論家等）的建立。馬華文壇向來只有論戰傳統，批評或學術典範的建立並不如理想。重寫文學史，重讀獨立前的華文文學書寫，爬梳出可讀性強的文學文本，彰顯其和社會

文件之別，重新建構典律，正是後殖民時期馬華文壇詮釋社群該做的事，如果這個社群已經建立起來的話。

　　從中國文學或文學家旅行或遷移海外歐人殖民地，或星馬華人社會建立，到華人認清自己的身分屬性，加入其他移民及土著爭取獨立建國，馬來亞的華文文學書寫也從殖民時期進入後殖民時期。在馬來亞獨立之後，馬來文學逐步取得國家文學的地位，星馬的英文文學則成為英聯邦文學或新興英文文學的一員，只有馬來亞印度文學及馬華文學淪為族群文學。歷史尤其弔詭的是，一如馬英文學在若干詩人努力以熱帶形聲表現之際，卻因英文退位而被邊緣化，馬華文學也在建國前後大力鼓吹馬來亞化，甚至發起「愛國主義文學」運動，響應新政府政治藍圖，卻因華人華文的身分與地位而被國家文化建制漠視與排斥。不過，值得注意的是，這個邊緣化的華文文學複系統，在國家獨立前後，即有香港作家報人南來或作者留學台灣，而與港台這兩個環太平洋地區的新興華文文學（new Chinese literatures）複系統發生「系統之間」（intersystemic）的跨太平洋國際文學關係，形成華文文學系統國際共同體（interliterary communities）。

　　「新興華文文學」的概念，自然是來自後殖民論述興盛以來，將英聯邦文學（Commonwealth literature）視為「新興英文文學」（new English literatures）的思考模式。若干年前，我在一篇論述新興英文文學的拙文中指出，「而相對於當代『純正』英國文學的貧瘠，這些在『海外』或在英國的海外移民的英文文學，由於其歧異性與繁複性，展現的正是無限生機」（張錦忠 1995：80）。同樣的觀點其實適合用來描述馬華文學及其他「海外」新興華文文學。不同的是，八、九

○年代的當代中國文學當然一點也不貧瘠。

　　而說香港與台灣的華文文學是新興華文文學，還需要進一步指出這兩個環太平洋地區的異同之處。一直到一九九七年，香港才擺脫英國殖民統治，成為中國的一個特區。但是香港文學作為新興華文文學的形態，是移民文學，而非後殖民文學，雖然「後殖民屬性」已漸在發酵。國共之爭勝負分明之後，中國共產黨在大陸建立新政府，國民黨率軍民退守台灣，大批難民則逃到香港。但是早在五、六○年代各波的難民潮之前，已有不少內地作家文人南移香港的例子。香港華文文學，雖然上承中國文學傳統，殖民統治與重商社會造成了它在文化上華洋雜處、雅俗共存的特質。但是到了七、八○年代，已有西西、戴天、蔡炎培、吳熙斌、陸離、亦舒、董橋、也斯（梁秉鈞）、鍾玲玲、淮遠、何福仁、辛其氏、鍾曉陽這批讓香港文學「展顏」、形成一股文學風潮（boom）的優秀詩人、小說家或散文作者出現，也先後有《海洋文藝》、《文林》、《羅盤》、《詩刊》、《八方》、《素葉文學》、《開卷》（讀書雜誌）、《文學與美術》等各類藝文雜誌面世。這個「展顏」，以新興華文文學視之，尤具意義。這個文學展顏，並未盡於上列隨手拈來的「作家名單」。例如，九○年代即有像董敏章、黃碧雲這樣風格獨特的作者出現。而粵語作為香港的通行語，對作家以華語書寫創作，並沒造成干擾，文中出現若干粵味辭彙，反而讓文章更貼近生活，粵語文章在香港也一直存在。至於回歸之後香港文學，是否成了「特區文學」，則是書寫香港文學史的人未來的問題了。

　　台灣自清末以來，就是個殖民地，在二次戰後才回歸中華民國，

終結了日本殖民時期。但隨即而來的是整個國民政府遷移到這面向太平洋的蕞爾小島上延續它在大陸的治權，並帶來了大批操不同南北口音的「外省」軍民。因此原來已是殖民地的台灣並未在戰後展現其後殖民性質，反而變成一個既具移民形態，又具內部殖民色彩的華人社會。台灣文學遠在日據時代之前即已存在，但是右派意識形態的國民黨文化政策，造成五〇年代反共愛國兼懷鄉文藝大行其道。六〇年代現代主義蔚為風潮，七〇年代的海外保衛釣魚台運動、台灣被聯合國排除會籍、鄉土文學論戰，對台灣文學的意識形態衝擊甚大，刺激了長期被壓制的本土意識之能量釋放，強化了台灣文學的反思與破舊立新。七〇年代開始，白先勇即出版了他（以及「外省人」）的文化記憶之書《台北人》（台北：晨鐘，1971），王文興出版了他的「變形記」《家變》（台北：環宇，1973）。與此同時，沈登恩的遠景出版社開始出版或再版黃春明、王禎和、陳映真、七等生、宋澤萊等人的小說，加上陳若曦的「傷痕文學」，時報、聯經、洪範、九歌、爾雅（加上之前的純文學與大地出版社）也推出系列叢書共襄盛舉。這批展示不同風格表現不同題材的作家（故不宜一概視其作品為「鄉土文學」），幾乎在同一個時期以他們的生花筆力，造就了一批殊異於同時代中國文學（例如浩然的《金光大道》）的台灣文庫，因此說他們創造了中國文學複系統以外的第一個新興華文文學之「展顏」年代並不為過。劉紹銘教授也許是最早觀察到這股台灣文學的新興力量的人；早在七〇年代初，他便在香港出版了《台灣本地作家短篇小說選》與《陳映真小說集》（香港：小草出版社，1972）二書（後來他還編了自先勇的短篇集《紐約客》〔香港：

文藝書屋，1974〕，以和《台北人》呼應）。八〇年代末，政治解嚴，黨外運動崛起，台灣主體確立，若干作者以閩南語文書寫，頗有除殖的意味，但是上述華文作家群生動多姿的文字書寫，足已證明華文作為表現台灣社會或本土風貌的媒介，自有其彈性與能耐，也無損於台灣文學作為新興華文文學的表現，不一定要以閩南語文取而代之，或自絕於華文文學世界之外。

　　一九七〇與八〇年代的台灣文壇文風鼎盛，風起雲湧，多少也拜《中國時報》與《聯合報》的文藝副刊及他們所舉辦的文學獎之賜。七〇年代末，馬來西亞華人子弟繼續來台留學，其中不乏寫作人，如商晚筠、李永平、張貴興，他們在馬時即已開始寫作，甚至已小有名氣，來台後參加文學獎，成績斐然。後來從畢業多年的潘雨桐，到「九〇年代的馬華作家」林幸謙、黃錦樹、陳大為、鍾怡雯、（及未留台的）黎紫書，[5] 參加台灣各大文學獎得獎如探囊取物，馬華文學的表現令人刮目相看。事實上，這五位「九〇年代的馬華作家」不僅頻頻在台灣得獎，在星馬及中國的不少文學獎中也頗有斬獲。九〇年代的馬華作家，當然不只他們五位，但以他們的表現最為出色搶眼，乃九〇年代馬華文學風潮的興風作浪人物。如果說馬華文學作為新興文學，終於在世紀末像「遲開的玫瑰花」般綻放，沒有在世界新興華文文學中缺席，商晚筠、張貴興這批留台與得獎作家居功至偉，並不為過。馬華文學在五〇年代末完成「馬來亞化」

---

[5]　我曾在一篇書評中宣稱「一九九〇年代的為華作家，當非林幸謙、黃錦樹、陳大為、鍾怡雯、黎紫書五人莫屬」，見張錦忠 2000：4。

的使命，六〇年代現代主義運動展開，到新加坡的陳瑞獻等「六八世代」與《蕉風月刊》合流，[6]與現實主義文學形成「雙中心」並立的抗衡現象。[7]七〇年代中葉以後，雙中心俱衰，雖有表現優異的個別作家，如宋子衡、溫任平、小黑、沙禽、菊凡、溫祥英、葉誰、洪泉、溫瑞安等，但整體而言士氣不高，而這時商晚筠、張貴興等人在台冒出頭來，可謂為馬華文學展顏的曙光。到了九〇年代，當年的文學獎得主李永平與張貴興已交出了《海東青》、《朱鴒漫遊仙境》、《群象》與《猴杯》這樣的長篇傑構，兩人在新興華文文學中的表現與地位，已足以和新興英文文學中的魯西迪、奈波爾或石黑一雄在帝國大都會文壇表現相提並論。

　　這批留學台灣的馬華寫作人，不管是否留在台灣（入籍或長期居留），或是返回大馬，還是游離至新加坡（商晚筠）或棲身香港（林幸謙），身為馬來西亞華人社會的「留台知識群」，[8]他們深具

---

[6] 「六八世代」為「一九六八年的一代」（Generntion of 1968）簡稱。這是我在博士論文（Tee Kim Tong 1997）首次提出的說法。一九六八年，《南洋商報》文藝副刊編者梁明廣（完顏藉）發表了〈開個窗，看看窗外，如何？〉與〈六八年第一聲雞啼的時候〉，頗有現代主義文學運動宣言的味道。同年，五月出版社成立，推出陳瑞獻詩集《巨人》、英培安詩集《手術台上》、賀蘭寧詩集《天朗》，蓁蓁也自資出版詩集《塑像》。諸現代詩人經常在週末共聚陳宅談文論藝，顯然當時眾人文學觀或文藝品味相近。

[7] 雙中心並立當道，同為主流的概念，見 Zohar Shavit 1989。

[8] 我無意獨尊留台人作為華社知識群的代表，因為我們可以輕易找到更多非留台的個人或群體，在為華社發聲，對華社提出建言，例如南大人，例如何國忠、何啟良、張景雲，例如華社資料研究中心（現為「馬來西亞華社研究中心」），

歷史文化視野，往往能在風雨如晦的時代發出不平之鳴（如傅承得），他們以文化記憶的詮釋者自居，作品中也顯露若干跨國色彩。他們沒有左翼社會寫實主義文學的傳統包袱，也不需眷戀現代主義的餘緒，既可正視歷史文化身分屬性等大敘事，也不避書寫身邊微物。重要的是，他們運用華文自如的本事，絕不下於任何中國或台灣作家；但華文對他們而言，並非「中華屬性」的緊箍咒，而是可塑性甚強的文字，足以承載任何異質思維與表現方式。作為新興華文文學的作者，這是他們克服純正中文的標準與局限之能耐，例如李永平煉字，煉到後來，離一般台灣文學的標準言說愈遠，乃至批評家也得「抱著字典讀小說」。表面上看來，李永平是回到中國傳統小說敘事藝術，但是這回歸，其實是重新站在巨人（中國傳統文學）的肩膀，和他所看到的當代華文小說語言決裂。易言之，作為新興華文文學的馬華文學作者，有職責去尋找出和當代中國文學語言決裂的言說方式。這決裂的大前提是：華文不是中國獨有的語文，一如英文不僅是英國的語文，也是美國、加拿大、印度、澳洲、紐西蘭、奈及利亞等地的語文；「海外」的華文，總已是一種在地化的話語，一種道地「海外」的音（例如，新加坡有星英文〔Singlish〕，當然也有星華文〔Singinese〕），即使像李永平與張貴興那樣，遠離原鄉，到更接近「帝國中心」的台灣定居，筆下經營的仍是眾聲喧嘩的「赤

或非華文系統出身者，如柯嘉遜。但是留台人在南洋大學被併入新加坡大學後，特別是八〇年代以來，的確頗能發揮讀書人的社會介入精神。

道形聲」。[9]換句話說，新興華文文學的華文是「異言華文」（Chinese of difference），另有一番文化符象，走的是異路歧途，文學表現也大異其趣，這樣的新興文學才有其可觀之處。這樣的文學表現才能對馬華文壇新千禧年的新銳發生影響。

　　新加坡的殖民／移民歷史和馬來西亞相似，但文化、語言政策不同。新加坡在一九六五年獨立以前，曾是馬來西亞聯合邦的一州，馬華文學也包括新加坡的華文文學。事實上，十九世紀以來，新加坡一直是馬華文學書寫的活動場域與營運中心。一九六五年，星馬分離，兩地成為兩個不同的政治實體，但華文文學並未遽然離異，兩地華文報紙副刊共用，長堤兩岸作家也將作品互投兩地報刊。陳瑞獻在新加坡組五月出版社，與其他現代主義詩人形成前述「六八世代」，隨即成為《蕉風月刊》編委中的要角（mastermind），策編了幾個重要專號。一直到七〇年代初以後，兩地華文文學才漸漸形成涇渭分明的楚河漢界，兩國作家雖然來往依舊，但那已是兩個文學系統之間的文學交流了。新加坡政府對文學的關注基本上是擺在英文文學上，星華文學雖然仍有潘正鐳這樣的優秀詩人出現，展示新丰采，前行代的陳瑞獻、英培安，或自馬來西亞移居星島的王潤華、淡瑩也還在創作，國際華文文學營也在此舉辦，陳瑞獻的多種文選也在九〇年代由中國的出版社鄭重推出，在「帝國中心」發聲，[10]但在過去二、三十年來大體上並沒有形成華文文學新風潮。

---

[9]　「赤道形聲」是陳大為與鍾怡雯合編的馬華文學選集書名，這裡借用。

[10]　例如《陳瑞獻選集》，徐鋒（編），五卷（武漢，長江文藝出版社，1993）；

　　亞細安國家中的殖民／移民歷史大多類似，但是各國的華文文學發展各有不同的命運，關鍵正在各新興國家的文化、語言政策及其對華人華文的態度。印尼在一九六五年共產黨政變失敗後，蘇哈多右翼政府上台，大肆排華反華、禁止華文文化與教育活動，華文文學發展大受打擊，只有柔密歐‧鄭（鄭遠安）等少數作家在國外刊物（如香港的《當代文藝》與馬來西亞的《蕉風月刊》），發表作品。一九九九年六月之後，新政府成立，排華政策解凍，印華文學才開始呼吸清新空氣，頗有欣欣向榮的氣象，前景有待觀察。菲律賓華文文學與台灣文學系統之間的關係在五、六〇年代十分密切，菲華作家如施穎洲、藍菱等人的書也在台北出版，七〇年代以後則漸行漸遠，這多少也涉及兩國政府與華社的政商關係的起落。菲華文學在菲律賓文學複系統中的位置相當邊緣，又無充分的華文教育建制及報館支援，發展滯緩。中國人移居中南半島的歷史悠久，但也同化得相當徹底，其華文文學系統中，以泰華最具規模。越華文學在七〇年代初以前相當活躍，但在越共執政後也停滯下來，近年來似有復甦的跡象，《亞洲華文作家雜誌》上也讀到越南華裔詩人的作品了。大體上，這些亞細安國家，除了新加坡以外，不太可能有華人新移民，在後殖民（泰國除外）時期，本土主義興起，即使不排華也不會特別關愛華人，以平等待我華裔者則任其同化，反華者則強迫同化或立苛政以阻華人入籍。無論如何，得以保留說華文、辦華文報的華社規模不大，華文文學在短期內也不太可能發展出令

《蜂鳥飛：陳瑞獻選集》，楊志鵬（編）（北京：中國文聯出版社，1999）。

其他華文文壇矚目的新浪潮。

　　本文旨在提出馬華文學作為（九○年代）新興華文文學之設論，並指出若干其符合新興文學的現象與條件，以建構一個可以用來描述那些獨立於中國文學之外的華文文學之「新興華文文學」理論。基本上產生新興文學的社會前身多半是殖民地，這是新興文學可以和後殖民論述具體掛鉤之處。其次就是移民現象。其實，從上述華文文學在亞細安國家的發展脈絡看來，華人在這些區域存在，當然也是移民現象，只不過遷移的境界多為歐美殖民地罷了。而當代華人（包括中國人民）移居的地方，則是已開發的獨立國家，有些更屬當年的殖民地宗主國。六○年代的美國已有不少台灣留美作家，由於他們在台時多已是台北文壇中人，其作品屬性也就順理成章延續下來，成為台灣文學的文庫。通常這些華文書寫也被視為台灣的「留學生文學」，但是像聶華苓、張錯等小說家或詩人，筆下流露離散飄零的情調多過於去國懷鄉的情懷，今天已不宜以留學生文學視之；白先勇、於梨華、張系國、叢甦諸人也早已不是留學生了。他們當然可以堅持台灣作家屬性，在台灣發表出版，但是如果他們在美國出書，投稿當地的華文報紙副刊，投入當地的華文文學活動，他們其實已是在對一個本土的華文文學系統之形成做出貢獻，或像聶華苓與張愛玲，將自己的華文書寫譯寫成英文，我們就可以從另一個角度來描述或定位他們了。七、八○年代移居歐美紐澳的台灣人、香港人、及中國人民或居留或入籍，其中作家不少，這些地區也有華人報章，也漸漸有華文作家活動的空間。目前由於許多作家移居日子尚短，和原鄉仍藕斷絲連，還在祖國文壇發表文章或出書，

甚至也還沒產生以華文創作的新生代土生華人作家，文學表現尚難定論。不過，和亞細安國家華社不同的是，由於海峽兩岸三地的政治演變與社會發展（天安門大屠殺、九七回歸大限、台海飛彈武嚇、三地人才外流），這些歐美紐澳地區的華社不斷有新移民移入，華社結構漸趨穩定壯大（如加拿大溫哥華列治文華社），這些地區的「海外」文學一旦出現若干創造時代的作家，展現異趣風格，造成文學風潮，產生學術建制化，自然形成一股華文文學的新興力量。在這方面，以英文書寫的亞裔美國文學及亞裔加拿大文學的案例，可以作為觀察的參考。

　　不過，不管有沒有形成捲起千堆雪的文學風潮，這些亞細安國家的「海外華社」華文文學已是華文書寫越過中國的疆邊，在異域境界或茁壯或殘存的例子，而不管是茁壯或殘存，這些華文文學都已不是中國文學的一部分。同樣的，戰後以來移居歐美國家或紐澳的華文作家，即使其移民或流放時間尚短，但其文本已具跨越疆界的文化屬性，已產生自己的活動場域，不太可能再循清末的孫逸仙模式「返國起義」，漸漸地，它們也已不是中國文學的一部分。或者說，它們做為異域新興華文文學的意義其實大於做為（處於邊陲或海外的）中國文學。中國文學的版圖邊陲甚至也無法容納這些文學，因此只好稱之為「海外」或「世界」華文文學。易言之，這些海外華文文學，可視為中國文學在海外的異己（other），反之亦然。

　　郁達夫出境之後，就沒有再回中國了，最後客死異鄉。他在新加坡居留期間的作品，四十多年後在中國出版，相對於他在中國期

間的文本，也只能是《郁達夫海外文集》。[11]這些「海外存異己」
的華文文學，也正是「郁達夫」的化身，它們不可能再回去當中國
文學，只能在蘇門答臘等異域開家小店，學講當地話，做點小買賣。
日據之後，再殖民之後，獨立之後，小買賣可能收檔，可能是死水
微瀾，也可能鴻圖大展，變成跨國企業，是謂「新興華文文學」。

　　提出新興華文文學的設論，希望提一點前瞻性的看法，為馬華
文學的未來打氣。馬華文壇人士習慣守成悲觀，殊不知未來是充滿
變化的。華文、華文文學、華人文化在多數亞細安國家，戰後以來
一直受到不同程度的壓制，今天雖然未完全雲開見月，但我相信點
點滴滴釋放出來的能量，已足以成為創造力的衝擊來源，因此在這
個時候提出新興華文文學的理論，實有其必要。此外，提出這個「新
興論」，看似呼應「斷奶論」或作為「原鄉論」的對抗論述，但其實
反映的還是我一貫的複系統思考。各異域新興華文文學的發展脈絡
或文學現象早已不同，原鄉在哪裡已不重要，語文、文學及文化，
一旦「不在」母體環境，變異勢不可免。只要看「現代主義運動」在
港台星馬各地的發生時間、規模與所遭遇的阻力有別，就知道每個
文學複系統的運動規律各有根本，也無須斷奶或嬰兒奶粉。倒是這
個時候再來探討戀母情結，反而別有一番意義。

---

[11] 郁風（編）（北京：三聯書店，1990）。

徵引文獻：

Salmon, Claudine（ed.）（1987）. *Literary Migrations： Traditional Chinese Fiction in Asia： 17th-20th Centuries* （Beijing：International Culture）.

Shavit, Zohar（1991）. "Canonicity and Literary Institutions." Ilrud Ibsch et al.（eds.）: *Empirical Studies of Literature： Proceedings of the Second IGEL-Conference*. （Amsterdam-Atlanta：Rodopi）, 231-238.

張錦忠（1984）。〈華裔馬來西亞文學〉。《蕉風月刊》no.374 （July）：11-13。

張錦忠（1995）。〈海外存異己：英文文學、英文文學與第三世界文學〉。《英美文學評論》no.2：73-85。

張錦忠（2000）。〈《赤道形聲》：典律建構大工程〉。《誠品好讀月報》no.2：54。

張錦忠（2003）。《南洋論述：馬華文學與文化屬性》（台北：麥田出版公司）。

張錦忠[Tee Kim Tong]（1997）. "Literary Interference and the Emergence of a Literary Polysystem." Ph.D diss., Department of Foreign Languages and Literatures, National Taiwan University.

陳希林（2000）。《基因研究否定台灣為南島語族原鄉》。《中國時報》3 August：11。

黃錦樹（2003）。〈反思「南洋論述」：華馬文學，複系統與人類學視域〉。張錦忠 2003：11-37。

† 本文原發表於《中外文學》29.4（2000）：20-31。修訂於 2018.12。

（記憶與創傷）與李永平小說裡的歷史
──重讀《婆羅洲之子》與《拉子婦》

　　李永平的小說與歷史的關係一直是「李永平小說研究」的一個
重要而複雜的論題。早在二〇〇〇年，高嘉謙在一篇談《拉子婦》
的文章中即精闢地寫道：「《吉陵春秋》裡的古舊中國沒有歷史」
（高嘉謙 141）。其實，稍為挪改一下這句話，說「《吉陵春秋》裡
的古舊中國沒有地理」，也未嘗不可。不過，對於高嘉謙這句話，或
《吉陵春秋》，許多讀者要問的，不是小說裡頭的「古舊中國」有沒
有歷史或地理的問題，而是裡頭有沒有「中國」。當然，這個質疑今
天其實已沒有多大新意。從朱炎、余光中、鍾玲、林建國、黃錦樹，
到高嘉謙、詹閔旭等學界後浪，他們早已為《吉陵春秋》的地理空
間勾劃出或虛構或寫實的「符域」（semiosphere）座標。今天更有思
辯意義的反思無疑是：歷史之於李永平意義何在？或以高嘉謙的命
題為起點：何以「《吉陵春秋》裡的古舊中國沒有歷史」？「沒有歷

史」意味著甚麼？是「沒有」，還是黑格爾式的「揚棄」
（Aufhebung）？

　　如果「《吉陵春秋》裡的古舊中國沒有歷史」，那麼李永平的歷
史在哪裡？要回答這個問題，我們就得跳上李永平的〈死城〉中那
輛「夢魘中的殭屍」掌握駕駛盤的車子，回到婆羅洲，回到李永平
的《婆羅洲之子》。那正是李永平以小說書寫重構過去的起點。

　　一九六五年，李永平十八歲，正在創作後來參加徵文比賽獲獎
的中篇小說《婆羅洲之子》，那時「婆羅洲」就已是歷史了。李永平
的婆羅洲，即砂拉越（砂勞越），[1]在一九六三年，也就是李永平的
初中畢業那一年，就已和沙巴（北婆羅洲）、新加坡及馬來亞合組
「馬來西亞聯邦」，有了「國族國家」的現代性新歷史情境。太平洋
戰爭結束之後，馬來西亞成立之前，婆羅洲早已經歷一連串政治風
暴，烽火四起。聯邦成立之後，菲律賓與印尼對馬來西亞展開對抗，
婆羅洲絕非處於風雨中的寧靜之地，但是這些「歷史」，不管是記
憶還是創傷，在《婆羅洲之子》中都付之闕如。儘管表面上看起來，
《婆羅洲之子》裡的婆羅洲「沒有歷史」，但是做為一部題為《婆羅
洲之子》的文本，小說不可能沒有「南洋性」，也不盡然像論者所指
出的，「對南洋性的壓抑與遺棄」（陳允元 2010）。當林建國說「李
永平最要否認的歷史感恐怕就是它」——《吉陵春秋》的南洋色彩，
他並沒有解釋何以李永平在《吉陵春秋》要「遺棄」他在之前在《婆

---

[1] Sarawak 又譯砂勞越、砂羅越、砂勝越，《拉子婦》中寫作「砂撈越」，現多
統稱為「砂拉越」。

羅洲之子》與《拉子婦》裡頭所彰顯的南洋？

　　沒有歷史未必等於沒有南洋，壓抑與遺棄南洋性也不等於壓抑與遺棄歷史感，也可能剛好相反。反過來說，既有南洋，就不可能是沒有歷史的南洋。問題其實在於，《婆羅洲之子》壓抑與遺棄了甚麼歷史？《婆羅洲之子》始於達雅－伊班族的槍祭儀式衝突，終於大和解，就敘事而言，結構尚稱完整，但就歷史情境來說，這樣的敘事的確壓抑與遺棄了某段歷史。《婆羅洲之子》當然不僅是一個再現異族或異己的故事，小說中的第一人稱敘事者「大祿士」並非華人或達雅原住民，而是「半個支那」──一個華人離散之後的糅雜者（換了個地方，他也許就叫峇峇 [Baba]，Peranakan，Mestizo，洛真 [Lukjin]，明鄉 [Minh-haong]）。糅雜者在《婆羅洲之子》裡其實是個棄兒，小說中提到的歷史乃遺棄的歷史。換句話說，李永平的小說志業（或陳允元所說的「故事的源頭」[2010]）確實始於一個「棄的故事」。「父親缺席」的大祿士生父來自「支那的唐山」，「來番」後與達雅（或「畢打友」）幫傭「做了夫妻」，生下「半個支那」大祿士不久即遺棄妻小還鄉去。「缺席的父親」本身的歷史是一個「離散的故事」，也是李永平小說中的父親原型。父親變成了「遙遠的父親」，[2] 留下的是坐困「圍城的母親」及尋求身分認同的棄兒。

　　《婆羅洲之子》裡的棄兒被生父（支那）遺棄、替代父親／養

---

[2] 駱以軍有詩曰〈棄的故事〉，其中一節詩句如下：「遙遠的父親／　我見他掩面頹坐在／狼藉紊亂不辨來去的足跡之前／『為何將我遺棄？』／交遞遠去的回音／我問母親／母親問父親」（1995）。

父（婆羅洲）被誤殺，遭屋長見棄，「父親」的缺席，造成「半個支那」糅雜者的身分曖昧、認同失落。這個南洋——有中國關係的南洋——的歷史其實是創傷與主體失落的回憶。大祿士被選為槍祭助手，表示長屋長者「杜亞魯馬」（社會〔當然也是父親〕的象徵）對他的接納，因此這個祭祀也是他跨入社會的儀式。可是由於他的混種身分（「半個支那」不是「我們的人」），他被所處的場所或社群所排斥（另一種形式的遺棄）。他遭生父遺棄、養父身亡、母親娘家另在他處，一旦成為所處社群的他者，被人以匪我族類視之，他便無家可歸。大祿士對自己被接納與否顯然十分在意，故質問冤屈他的利布道：「你想害得我被長屋的人攆出去才肯干休嗎？」（1968：60-61）。社群中的異己被迫他者化自己的主體，甚至興起無家可歸的憂患意識，可見「半個支那」的混種在遭受排斥的社群中，往往也是受到集體暴力迫害的「替罪羊」。[3]

但是李永平顯然無意在《婆羅洲之子》講一個替罪羊或糅雜者的故事，或者彰顯一個青少年（大祿士十八歲）的認同問題（這個問題要到《雨雪霏霏》以後，尤其是《大河盡頭》才愈見重要）。「半個支那」對照出來的，正是「古舊中國」的歷史：大祿士的生父落葉歸根，返回唐山，留下「中國寡婦」；拉達伊所說的好支那商人老死南洋；留在婆羅洲的有「支那阿伯」、走拉子屋的支那販子、店舖頭家；種植胡椒的支那農家；便衣支那。從南洋歷史的發展看來，

---

[3] 「替罪羊」的相關論述可參閱 René Girard, *The Scapegoat* [*Le Bouc émissaire* (1982)]（Baltimore：Johns Hopkins University Press, 1986）。中譯本見族群平等聯盟編的「新民主」叢書系列，馮壽農譯《替罪羊》（台北：臉譜出版，2004）。

這些離散族群日後多半落地生根，成為南洋新興國家的國民。這樣看來，《婆羅洲之子》是有歷史的，儘管離散華人的歷史不是小說的主要情節結構。另一方面，由於大祿士生父的離棄，「缺席」的父親的位置，就有了「我們的人」魯幹來替代或填補的——於是大祿士有了養父，以及十八年來的「錯誤」認同：建基於對糅雜性的否定的「錯誤認同」。

　　李永平將婆羅洲人民記憶猶新的政治風暴及馬來西亞政治新版圖抽離《婆羅洲之子》的歷史情境，回到殖民地的脈絡。一日，大批警察湧入長屋搜尋搶劫「走拉子屋的支那販子」的嫌犯，拉達伊說道：「這個時候，我們這個地方是被白種人管的」（1968：56；引者著重）。「這個時候」，是砂拉越這個地方「被白種人管」的時代，顯然就是「白色拉惹」布洛克（Brooke）家族統治期間或戰後加入馬來西亞之前的英國殖民地時期。[4]不過，不管指涉的是哪個時期，在小說裡頭，這是唯一提到白人統治或殖民情境的地方，也是身為被殖民的達雅族拉達伊的提醒敘事者「白人父親」並未缺席的地方。林開忠指出，小說「並沒有出現跟殖民政府有關的描述。……作者似乎就把殖民的歷史給凍結了，或者，在這樣的寫作裡，殖民是沒有歷史的」（89-90；引者著重）。不過，只有殖民地空間、時間（「這個時候」）而沒有殖民歷史當然是不可能的。缺席的「白人父親」怎麼可能真的缺席呢？換句話說，我們可以思考的是，在「這個時候」，

---

[4]　一九四六年末代白人拉惹維納（Vyner Brooke）退位，將砂拉越割讓給英國政府，由殖民政府管轄，直到一九六三年六月自治，九月加入馬來西亞。

（反）殖民歷史被壓抑在怎樣的文本裡？我認為當年《婆羅洲之子》既不（能）書寫砂共反殖反帝，也不（想）書寫馬來西亞獨立風雲，[5] 那麼就只能跳過這段歷史（或林開忠說的「凍結」），書寫三族共和的婆羅洲烏托邦。

　　因此，就在大祿士因「半個支那」身分與達雅身分有所衝突歷經痛苦折磨而幾乎崩潰之際，李永平召喚出「機器神」（deus ex machina）的介入來解套：山洪在暴風雨中爆發。大水將達雅人、半個支那、支那人（長屋林邊的頭家及其夥計）、恩人、仇人共聚山坡上，相濡以沫，以德報怨，一時之間，「人類的溫情感動了每個人的心」（1968：72）。不僅殖民、反殖、獨立的歷史被凍結，族裔性與糅雜性的衝突也被跳過，一下子就提升到「人類的溫情」。小說是這樣結束的：

> 「……我相信有一天，沒有人再說你是達雅，他是支那了，大家都是在這塊土地上生活的。」……「是的，我們都是婆羅洲的子女。」（1968：78-79）

呼應了較早時大祿士與姆丁的「一個婆羅洲」（1 Borneo）國族願景：「這塊土地上有支那、達雅也有巫來由。……你不再叫我支那，我不再叫你巫來由……，大家生活在一起，那我們的土地該會

---

[5] 李永平不只一次提到他心目中的鄉土是婆羅洲，不是「馬來西亞」，因為他不太願意承認「馬來西亞」這個英國人與馬來人主導成立的國家。最近一次提及此事為《大河盡頭》上卷出版之前他和詹閔旭（2008）所做的訪談：〈大河的旅程：李永平談小說〉。不過，李永平在訪談中提到他放棄馬來西亞護照的年度為「一九七六年」應是筆誤。他在一九八七年取得中華民國國籍。

多麼的壯麗」（1968：67）。這簡直是馬哈迪二〇二〇年「馬來西亞國族」的婆羅洲版：Bangsa Borneo——李永平一九六五年版的「婆羅洲國族」。同樣的，我們也可以說這是李永平版的「卜米布特拉」論述——婆羅洲的「土地之子」，也就是 Borneoputra。這當然是馬來西亞獨立初期的教科書版的國族論述。[6]這樣的國族論述凍結了各種族社群間的差異與糅雜性，也沒有應對統治者所建構的種族分化現實。誠如林開忠所指出，早在布洛克的治理下，砂拉越就已實行種族分化政策（racialization），劃分、區辨了族群範疇，各族不得踰越，即使是混血者也無法持有雙重身分（2004：99-100）。林開忠認為李永平在小說中沒有處理這個問題。[7]誠然，李永平以抹除種族分化假象（或烏托邦）的「婆羅洲國族」論述來避開這個殖民主義的歷史遺產或歷史債務。馬來西亞納入婆羅洲（與新加坡）以來，也並未妥善處理這個歷史債務，即使主政二十二年之久的馬哈迪，也只能「債留子孫」，開出「二〇二〇年宏願」（Wawasan 2020）的空頭支票。這樣看來，說《婆羅洲之子》裡「沒有歷史」確實是有其合理之處的。

---

[6] 馬來半島（西馬）版的國族論述則是「華巫印三大民族攜手建國」。這樣的獨立與建國「神話」或霸權論述近年來已開始受到挑戰。見柯嘉遜反思獨立史的新著《愛國者與冒牌者：馬來亞人民的獨立鬥爭》（*Patriots and Pretenders : The Malayan Independence Struggle*）。

[7] 林開忠引述了 Tim Babcock, "Indigenous Ethnicity in Sarawak," *Sarawak Musuem Journal* 22.43（1974）：191-202 的看法。林開忠認為小說結尾「多元種族和諧共處的壯麗景觀」頗能「符合殖民政府的統治考量」，很可能這也是《婆羅洲之子》得獎的原因。

　　《婆羅洲之子》是李永平下一部作品或日後寫作志業的「小說的準備」。小說文本歷史情境中的族群差異與糅雜性沒有真正面對或解決，裡頭浮光掠影出現的歷史記憶成為《拉子婦》中的再記憶（re-memory）。《婆羅洲之子》一開始就提及十八歲的大祿士想不起六歲時見過槍祭儀式。大祿士的選擇性遺忘顯然是對「父親缺席」所造成的創傷的壓抑：「父親」（其實是養父）在獵槍祭典三天後倒斃林中。屋長妻子提起這件事時，大祿士傷感地說：「那是很久以前的事了。」她則勸慰道：「那些事不去想它也罷」（1968：3）。「那些事」涉及族裔身分與歷史創傷，自有其不堪回首之處。但是刻意遺忘、迴避，不去想「它」（歷史），它還是會像幽靈般回來糾纏討債，這就是為甚麼大祿士因長屋老人利布揭露其「半個支那」身分而無法擔任槍祭助手時，「忽然感到整個丹柱鬼域般的死寂一片……」，[8]他不由衝動地叫喊起來：「怎麼你們都不說話？……怎麼沒有一個人出聲……」（1968：10；引者著重）。顯然混種者的糅雜性在婆羅洲族群歷史的地位是不被承認的，只好壓抑得更深更遠，像「黑沉沉的石山鎮壓在遙遠的、無人到過的平原那邊」（1968：12）。同樣的「天問」，也出現在〈拉子婦〉敘事者的二妹的信上：「大家為甚麼不開腔？」（1976：1）。

---

[8] 這裡李永平賦予了利布老人希臘神話故事中的泰里休斯（Tiresias）的角色，小說情節結構因他揭曉某種真相（大祿士的混種身分）而扭轉後續發展。另一方面，「鬼域」自《婆羅洲之子》開始即已是李永平小說的重要意象或「符域」。早在《海東青》裡的靳五漫遊迷霧處處的鬼城鯤京之前，一九六八年，李永平即在短篇〈死城〉中想像一座鬼影森森的鬼域，書寫他的南洋《神曲‧地獄篇》。

　　婆羅洲的近代歷史並不乏暴力。一九四六年以來，反對將沙拉越納入殖民政府的抗爭活動不斷。馬來青年中有人發起主張暴力抗爭的「十三原則」組織（Rukun 13），以暗殺殖民官員為抗爭手段。一九四九年，剛上任沒幾天的砂拉越總督史都華（Duncan Stewart）到詩巫巡視時，遭組織成員詩巫少年羅斯里（Rosli Dhobi）刺殺，送往新加坡急救後不治身亡。英國殖民政府接著掃蕩該組織，將兇手與共犯或處決或下獄，然後直接統治砂拉越直到一九六三年。另一方面，早在一九五一年，砂拉越左翼青年張榮仁等即成立「砂羅越新民主主義青年團」，青年團解散後，張榮仁與文銘權、邱立本等於一九五三年組織「砂撈越解放同盟」，展開左翼鬥爭路線。一九六二年，砂拉越殖民政府大事鎮壓左翼分子活動。是年底，汶萊人民黨的阿札哈利（Sheikh Azahari bin Sheikh Mahmud）發動武裝鬥爭，在不同地區同時舉事，宣佈成立「北加里曼丹國」和建立「北加里曼丹國民軍」。儘管這些左翼活動與武裝鬥爭大多失敗以終，但也造成婆羅洲三邦十餘年來的動盪不安。那十餘年，正是李永平的童年與少年時光。

　　這段暴力與鬥爭失敗的歷史，在李永平寫《婆羅洲之子》時已成為砂拉越的「人民記憶」。儘管《婆羅洲之子》壓抑了這段歷史，李永平在寫《拉子婦》時開始召喚這些記憶，透過離散書寫成為再記憶。〈拉子婦〉一開始就已是一個記憶與離散的場景。小說第一人稱敘事者「平」人已離開「砂撈越」，「來台升學」了，他藉由二妹的家鄉來信來帶出對拉子婦的回憶。這樣的歷史場景和來台深造的作者李永平書寫短篇〈拉子婦〉的經歷幾乎雷同。

　　「平」赴台八年前，祖父由中國南來：「六月底，祖父從家鄉出來，剛到砂撈越」（1976：2）。上個世紀最後一批中國人下南洋，大概就是五〇年代末之前，之後「中國來的祖父」（父親的符號）就成為歷史了。[9] 在李永平筆下，這樣的離散歷史卻和種族論述關係密切。剛剛飄洋過海的中國父親，視「土婦」為匪我族類，顯然不像落地生根的福州或客家同鄉（也出現在《婆羅洲之子》裡頭的那些走拉子屋的支那販子、店舖頭家、種植胡椒的支那農家）那樣比較能夠「悅納異己」。顯然三叔「缺席的父親」的存在，動搖了這樣的異己關係。等到「拉子婦」生下「半個支那」（或「半唐半拉」）的混種者，「悅納異己」就變成神話了。《婆羅洲之子》裡的華人店舖頭家將「拉子婦」及其混種子女趕回森林，同樣的，在〈拉子婦〉裡，三叔也「把『那拉子婦』和她的孩子送回長屋去」，他取代了那個「缺席的父親」成為種族純潔的捍衛者，另娶新婚妻子，「她是一個唐人」，敘事者補充說（1976：17）。「拉子婦」所生的混種「半個支那」是「她的孩子」──父親缺席的「婆羅洲之子」，但是沒有人承諾他們在現實生活中會有「機器神」出現。

　　李永平的〈拉子婦〉一開始，即是種族論述：「只因為拉子嬸是一個拉子，一個微不足道的拉子！」「微不足道的拉子」是相對於「高貴的中國人的身分」的話語。顏元叔當年評李永平這篇「少作」時就說：「這是一篇種族問題的小說，是一篇多數迫害少數的小說，

---

[9] 小說裡的「中國來的祖父」南來兩年即病故，也算「死在南方」，讓後代在南洋有墓可掃。

是一篇異鄉人受苦於敵視環境的小說」（收入李永平 1976：167；引者著重）。《婆羅洲之子》裡的「半個支那」也是被多數的集體暴力迫害的少數，集體暴力之源為種族純潔性。〈拉子婦〉的集體暴力來源則是種族優越性，儘管離散中國人社群在婆羅洲並非多數族群。「拉子婦」嫁給店舖頭家三叔，或到李家來，應該不算「異鄉人」，但環境的確是「敵視環境」。如前所述，被迫害的少數正是遭受的集體暴力迫害的「替罪羊」——拉子婦的存在，有辱「李家門風」，是對種族純潔性的威脅。諷刺的是（恐怕也是顏元叔沒有想到的），在離散的脈絡裡，小說中「迫害少數」的多數，其實才是婆羅洲的「異鄉人」，可見在這裡種族論述已凌駕一切，所造成的創傷也難以抹除。「拉子婦」因種族論述遭受的身心創傷一直追隨她直到死亡（她的創傷沒有發聲的管道），而敘事者及其二妹的創傷記憶（「那一個籠罩著我們兩兄妹心頭上的陰影」[1968：13]）多年來也未曾稍減，唯有透過書寫與再記憶，找回離散歷史裡頭不堪回首的種族論述與多數暴力，才能安頓他們不安的心靈。[10]

　　不過，再記憶或再現創傷歷史其實也是一種煎熬掙扎，因此小說中的兩兄妹在「拉子婦」生前多番掙扎仍無法以她可以理解的語言「開口」向她表示同情與歉意。〈拉子婦〉的最後一句話是：「沒

---

[10] 霍娥（Catherine Hall）引述非裔美國小說家童妮・莫莉生（Toni Morrison）在《寶兒》（*Beloved*）裡頭的話說，痛苦的過去「沒有經過再記憶的話，會在當代社會作祟，形成干擾。在《寶兒》中只有當再記憶完成了幽魂才獲得安頓」（1998：31）。帝國主義的歷史記憶如此，種族主義的集體暴力記憶也是如此。這裡借用霍娥的帝國記憶論述來討論李永平小說中的歷史記憶。

想到八個月後，拉子婦靜靜地死去了」（1968：17；引者著重）。對照小說開頭的話，從敘事角度來看，這句含有「真實性修辭」（truthful rhetoric）的話其實旨在呼應小說開頭所說的：「想不到，她挨夠了，便無聲無息地離開了」（1968：2；引者著重）。「拉子婦」的死，固然是一個預知的訊息，但是這個小說中的真實事件的描述，因敘事者的不在場而別有所指：「靜靜」、「無聲無息」的，不是「拉子婦」死亡的描述，而是她生前的無言狀態，更是敘事者與二妹無法開腔發聲、無法跨越差異界限的自我投射。「沒想到」與「想不到」作為失憶的修辭指涉的正是對回憶的壓抑或意義的延異。

敘事者「永」兄妹的感情債務直至「拉子婦」死亡也沒有償還，唯有借用文字書寫（敘事）救贖，作為治療敘事，或被迫害者的見證與代言，說給不在場者聽。離散歷史與種族論述之間的創傷記憶糾纏交錯，即使敘事者已再離散（遠離關係情境），只要創傷記憶無法找到安置不安的所在，就會像冤鬼或幽靈般迂迴重返干擾。歷史作為暴力的不散陰魂，在李永平的〈死城〉中尤其明顯。事實上，在《婆羅洲之子》中被凍結與壓抑的各種歷史話語，在《拉子婦》中都魂兮歸來；《拉子婦》也因此而成為李永平作品中相當全面地觸及離散論述（包括南來、墾殖、僑教）、種族話語、殖民主義等課題的一部小說集：「索命的冤鬼們——欠債的人都在這裡——……片刻間，全世界沉冤未雪的鬼從四方湧來」（1976：164）。當年林建國論李永平時諧擬的修辭設問「誰叫他有一個南洋？」這時大可改

為「幸虧他有一個南洋」，[11] 否則叫那些冤魂去哪裡找一座原鄉鬼城呢？

為甚麼是鬼域與鬼魅？李永平將〈死城〉作為《拉子婦》的掩卷之作，自有其隱寓之意：

> 忽然間，我們眼前一片光明。只見港中燈火燦爛，水面上波光閃爍。我真渴望現在有一艘輪船出港，響著長長的汽笛。我們對看了一眼。他駕著車子，向回去的路開去。（1976：165）

當然，我們可以再思考這位「有一個可笑的扁鼻子和兩片厚厚的嘴唇」的「殭屍」（1976：145）究竟是婆羅洲的迦王（Charon）還是味吉爾（Virgil），〈死城〉之為李永平的「地獄篇」卻殆無疑義。婆羅洲的歷史縈繞著群鬼，敘事者繼續趕他「回家的路」，要通過地府就得穿過這些群集的歷史鬼魅，就得遇到亂舞狂歌的番鬼、殭屍、拉子鬼、支那鬼，就得再記憶種族衝突、反殖抗爭與殖民暴力。這是一個反殖抗爭行動失敗的寓言。值得注意的是，相對於《婆羅洲之子》結尾的三族共和的國族烏托邦，〈死城〉鬼族的族裔範疇仍然是有所區辨的。鬼域、鬼魅，其實就是遺忘不了的記憶的幽靈。

〈死城〉裡頭那艘想像中「響著長長的汽笛」出港的輪船，在其「人間版」〈田露露〉中其實有個身世：它是「駛過大海，從老遠老遠的北方來的」（1976：96）。換句話說，在死城鬼域燦爛燈火出

---

[11] 林建國諧擬的是〈拉子婦〉中的敘事者的種族話語：「誰叫她是一個拉子呢？」。詳林建國（1993）。高嘉謙（2000）在他的論文中引述了林建國此諧擬句為章節標題。

港向東航駛的，極可能是一艘「開往中國的慢船」。不過，時移事往，「飄洋過海走南荒」的田老爺爺早就過世了，只留下遺稿《南海紀聞》，作為離散族裔身世傳奇的註腳。在〈死城〉裡，敘事者與「殭屍」對看了一眼，便跳上車子，而同樣的場景在〈田露露〉中重複出現，不同的是田家瑛跳上的是鄧遜警官的吉普車，開往落日酒店。如果說〈死城〉（以及〈黑鴉與太陽〉）補述了《婆羅洲之子》不能或沒有書寫的砂共反殖抗爭，〈田露露〉則將時空擺在《婆羅洲之子》刻意迴避的馬來西亞獨立脈絡。就這一點而言，〈田露露〉與〈黑鴉與太陽〉都是詹明信（Fredric Jameson）所說第三世界寓言文學，只是未必是「國族寓言」（《婆羅洲之子》比較像）。熟悉李永平的讀者自然很清楚，他對「寓言」（allegory）這文類情有獨鍾。

　　寓言當然是真事隱去，假語村言或鬼話一番。李永平寫於〈拉子婦〉同一年的〈死城〉鬼影幢幢，但讀者（尤其是台灣的讀者）未必能夠重構其春秋大義。到了一九七三年，他才藉〈田露露〉裡的回憶來聯繫離散族裔萬里流徙望斷千山萬水的歷史與婆羅洲的（已經成為過去式的）未來。在小說裡頭，取了洋名「露露」的田家瑛儘管對殖民政府官員鄧遜「感到一陣嫌惡」，還是跳上他的車子，在他身邊坐下，「迎著落日絕塵而去」（1976：100）。寫於一九七四年的〈黑鴉與太陽〉，其實是〈支那人：圍城的母親〉的另一個更具象徵意義與歷史記憶的版本。如果說《婆羅洲之子》裡的婆羅洲「沒有歷史」，《拉子婦》裡的婆羅洲則是太多歷史創傷：太多缺席的父親、被送回長屋的「拉子婦」、盲眼流離漢客死他鄉、鬧飢荒的「拉子」搶糧燒店、「支那」母親被「番兵」強暴、缺席的父親的神主牌

被砸碎、強暴婦女的馬來嫌犯搖身一變成為內政部長、槍斃後屍體懸吊示眾的游擊隊員……。那些年，婆羅洲人一起經歷的歷史創傷的集體記憶，早在一九六七年，隨著李永平來台升學，在台灣書寫他的「南海紀聞」（或「南海祭文」），而成為「台灣熱帶文學」的一部分記憶標誌。

徵引文獻：

Hall, Catherine（1998）. "'Turning a Blind Eye': Memories of Empire." Patricia Fara & Karalyn Patterson（eds.）: *Memory*（Cambridge and New York : Cambridge University Press）, 27-46.

李永平（1968）。《婆羅洲之子》（古晉：婆羅洲文化局）。

李永平（1976）。《拉子婦》（台北：華新出版公司）。

林建國（1993）。〈異形〉。《中外文學》22.3（Aug.）：73-91。

林建國（2004）。〈為甚麼馬華文學？〉[1993]。陳大為、鍾怡雯、胡金倫（編）《赤道回聲：馬華文學讀本 II》（台北：萬卷樓）。

林開忠（2004）。〈異族的再現？從李永平的《婆羅洲之子》與《拉子婦》談起〉。張錦忠（編）：《重寫馬華文學史論文集》（埔里：國立暨南國際大學東南亞研究中心），91-114。

高嘉謙（2000）。〈誰的南洋？誰的中國？：試論《拉子婦》的女性與書寫地位〉。《中外文學》29.4：139-54。

陳允元（2010）。〈望鄉：被殖民經驗與回家之路──李永平《雨雪霏霏》雙

郷追認〉。「家園意識與文學流變」：第三屆馬華文學國際學術研討會，
7-8 August，馬來西亞華文作家協會、新紀元中文系等合辦，新紀元
學院，加影。

詹閔旭（2008）。〈大河的旅程：李永平談小說〉。《印刻文學生活誌》no.58
（June）：174-83。

顏元叔（1976）。〈評《拉子婦》〉[1968]。李永平 1976：167-69。

† 本文原發表於「第二屆空間與文學國際學術研討會：李永平與台灣／
馬華書寫」，2011 年 9 月 24 日，東華大學空間與文學研究室、東華大
學英美語文學系主辦。

論「馬華文學批評匱乏論」與《蕉風》

　　「馬華文學批評的匱乏」或「評論文字之匱乏」是時有所聞的議題，每隔一陣就有人在報章雜誌感慨馬華文學缺乏文學批評或評論文字。晚近則有人推而廣之，從不同世代的角度來談馬華文學「沒有論述」的現象，例如黃錦樹與林韋地。[1]不過，我這篇論文不是要

---

[1]　最近的個案是黃錦樹在散文〈秋河曙耿耿，寒渚夜蒼蒼〉裡頭寫道：有人感慨在馬華文學場域，「同代沒人有論述能力，評論早就產生斷層了」（曾翎龍臉書語）。那個「同代」，黃錦樹名之曰「那沒有論述（能力）的一代」，並追問道：「然而，為什麼在華社有了幾間自己的大學、有幾個自己的中文系多年以後──在中國留學之路廣開，許多人花盡血汗儲蓄取得博碩士學位歸國之後，文學的論述還是那麼貧瘠？」（《聯合報・聯合副刊》2016 年 1 月 6 日，網文。http://udn.com/news/story/7048/1422765-我們這一代：五年級作家（之二）秋河曙耿耿，寒渚夜蒼蒼）。這番話引起林韋地的回應〈黃錦樹，群體和世代〉（《南洋商報・南洋文藝》2016 年 2 月 2 日）以及黃錦樹後續的〈關於「沒有論述」〉（《南洋商報・南洋文藝》2016 年 3 月 8 日）與〈關於「論述」〉（《季風帶》創刊號 [2016.6]：16-19）。林韋地後來又寫了〈現狀，未來和沒有：回

續談新世代「沒有論述（能力）」、「文學的論述貧瘠」、「馬華文學批評的匱乏」或「評論文字之匱乏」，而是旨在「重新聯結」（relink）「馬華文學批評匱乏論」與《蕉風》的內部結構及外延關係。《蕉風》與「馬華文學批評匱乏論」的重新聯結是黃錦樹的考掘。他對馬華新世代「沒有論述（能力）」頗表感慨之後，後來又寫了〈「評論文字之匱乏」〉，[2]文章從《蕉風》第 418 期（1988 年 9 月號）編者的〈評論文字之匱乏〉細說從頭。

當時《蕉風》的「執行編輯」為王祖安。執編每期編後撰寫「編輯筆記」，那篇短文即屬這類編餘雜感。[3]〈評論文字之匱乏〉拋出「馬華文壇評論文字匱乏」的議題，首先陳述馬華文壇缺乏評論文字的現象由來已久（「已非一朝一夕之事」，他說），並指出幾個原因，文末呼籲讀者回應。其實，王祖安所指出的，僅是馬華文壇缺乏評論文字的「歷史條件」──「一、科班出身的學者、學生不多；二、一般讀、作者對評論的看法有所偏差；三、文學讀者群有所侷限」（黃錦樹文中所作摘要）。從黃錦樹的「當下的歷史」反思，那

應黃錦樹〉（《中國報・大講堂》2016 年 4 月 12 日）再回應。值得一提的是，黃錦樹的「那沒有論述（能力）的一代」說法也催生了林韋地下海創辦一本專刊評論文字的《季風帶》雜誌。這是後話了。

[2] 黃錦樹的〈「評論文字之匱乏」〉刊於《季風帶》第二號（2016.10）的「重勘馬華文學批評之匱乏」專題。

[3] 編者〔王祖安〕，〈評論文字之匱乏〉，《蕉風月刊》418（Sept.1988）：1。不過，不是每期的「編輯筆記」的作者都是王祖安，有的由當時編者伍梅彩執筆。

樣的歷史條件已意義不大。

本文旨在「重履」王祖安寫〈評論文字之匱乏〉的「當下的歷史」，勘察其論述脈絡。王祖安在一九八六年底出任《蕉風》「執行編輯」。〈評論文字之匱乏〉發表於一九八八年九月號的《蕉風》，時間距離他上任已近兩年，他在彼時拋出「馬華文壇評論文字匱乏」議題的「深層結構」或「潛議程」是什麼？我要問的是：這個議題何以會由《蕉風》編者拋出？「評論文字之匱乏」真的是《蕉風》的常態嗎？《蕉風》編者或讀者當時在這個「事件」中如何回應「匱乏」或「評論文字之匱乏」？評論文字匱乏如果是實際結構性問題，那意味著什麼？

王祖安在一九八六年底出任《蕉風》「執行編輯」。在此之前，有三個月左右的時間，《蕉風》的「編輯」為伍梅彩（韻兒）與黃昭諭。王祖安從一九八五年開始從台北寄詩作給《蕉風》，為彼時表現極出色的詩人，畢業後即返馬。後來黃昭諭離職，王祖安走馬上任，以「執行編輯」的身分取代原來「主編」的職稱；此後多年，《蕉風》即由王祖安與伍梅彩合編，直到兩人先後去職。[4]要回答「這個議題何以會由《蕉風》編者拋出？「評論文字之匱乏」真的是《蕉風》的常態嗎？」這樣的問題，我們其實可以檢視從一九八七年一月到一九八八年九月那一年九個月的二十期《蕉風》，看看在王、伍二人合編下，那二十個月的刊物內容，以及評論文字的「匱乏現象」。

---

[4] 王祖安編到一九八八年底，伍梅彩則稍後才離職赴美。

　　從 399 期到 418 期，共二十期的《蕉風》有幾個重點。一九八七年（第 399-410 期）的《蕉風》除了幾個專題（如當代蘇聯移民詩人〔第 410 期〕、邁克散文小輯），大體上依隨第 392 期（1986.6）開始的革新號以來的規劃與編法，即分類專頁與創作。廣義而言，分類專頁的稿件本來就多屬「論述文字」（訪談、專欄、語文、書評、影話、藝評、西洋文學評介、古典文學評介等），儘管未必是「文學批評」。一九八七年的十二期有幾個焦點與焦點人物，例如：劉紹銘、黃春明、陳映真、戴天、李昂、陳艾妮等港台作家來訪；「誰不重視長篇小說」；陳強華、黃潤岳、陳慧樺、梁文福、傅承得訪談與作品；「大學與文學創作」。

　　配合這些「人物言談」，「論述」版也刊出傅承得評陳強華詩的論文、方昂評傅承得詩的〈傅生承得〉、陳慧樺的〈文學批評的公權力〉（410），加上姚拓等撰的〈《大同世界小說選》馬來西亞區編選前言〉、曹淑娟的〈鏡裡鏡外：談商晚筠的《蝴蝶結》〉。[5] 那一年的《蕉風》刊載了這五篇篇幅不短的現代文學批評文字，數量不算多，但卻頗有份量。[6] 此外，除了邁克的短評與書評，那一年的《蕉風》的「說書評書」版還刊登了評介西西、賈平凹、鍾曉陽、葛林（Graham Greene）、韋暈、林以亮、龍應台、[7] 夏宇、向陽、舒婷等馬華與域外作家作品的文字。值得一提的是，這一年，日後在馬華

---

[5]　曹淑娟的論文為轉載稿，原刊台灣出版的《文訊》雜誌。

[6]　這裡特別強調「現代文學批評」，因為在一九八七年的《蕉風》，郝毅民與楊連的古典中國文學批評、邁克的《紅樓夢》隨筆頗為搶眼。

[7]　阿胡評龍著《龍應台評小說》的短文題目為〈文學批評〉。

報刊致力於撰寫評論文字的張光達已在《蕉風》亮相，發表了書評〈我讀《七十五年詩選》〉（410）。[8]

　　這一年，《蕉風》的「欠缺論」或「匱乏論」可見諸劉紹銘（大馬缺少高級知識份子）與陳慧樺（理論的貧乏）的「言談」。後來編者在寫「為文學注入人文色彩」的編後話時又覆述一遍劉紹銘的觀察。不過，最「匱乏論」的感慨，其實來自林若隱一九八七年十二月五日致編者函，她在信中提到「《蕉風》最大的遺憾是評論文章的缺乏。」[9]我認為編者的〈評論文字之匱乏〉可以說是對上述「欠缺論」及林若隱這封短信的回應。

　　一九八八年的《蕉風》只出刊十一期（411-421），第 411 期為一、二月聯號。本年先後推出「砂勝越」、「菲華文學」、「梁實秋與沈從文紀念」、「雨川」、「新加坡詩人」、「馬富茲」六個專輯及廖輝英、陳瑞獻、柔密歐・鄭三位焦點人物。一般評論文字有關於解構主義、後現代主義、城市詩短論、詩話、雨川小說敘事觀點等，書評書話則頗見精品，有邁克談張愛玲的書與科斯特（E. M. Forster）小說、張光達評渡也與白靈等人詩集、陳慧樺評王潤華詩集、郝毅民評王紅公（Kenneth Rexroth）譯《中國詩百首》（*One Hundred Poems from the Chinese*）、林傑洛評張漢良編《七十六年選詩》及王

---

[8] 中國學者龍揚志大概是第一個留意到張光達的文學批評思路歷程的人。詳龍氏論文〈馬華文學現代性命題與詮釋話語建構：以新生代學者張光達的批評為中心〉，發表於「跨域：馬華文學」國際研討會，2015 年 3 月 23-24 日，廣州，廣州暨南大學與埔里國立暨南國際大學合辦。

[9] 林若隱，〈讀者來函〉，《蕉風》411（1988.1-2）：14。

文興散文集，我評波赫士中譯本、曹雋評《城市人》。

那一年《蕉風》刊載的現代文學評論文字有下列十一篇（其中陳慧樺的論文〈寫實兼寫意：馬新留台作家初論〉分兩期刊載）：

武聰〈略談欣賞現代詩的幾項難題〉（411）

葉苗整理的〈瘂弦談詩〉（412）

施穎洲〈菲華新文學〉（413）

凌宇〈不同文化衝擊下的沈從文〉（414）

宋永毅〈王潤華詩作的禪趣〉（418）

馬森〈當代小說的幾個潮流〉（418）

蔡源煌〈小說的敘事觀點〉（419）

陳慧樺〈寫實兼寫意：馬新留台作家初論〉（419, 420）

蔡源煌〈虛構與敘事〉（420）

Halim Barakat〈阿拉伯小說與社會變革〉（紫一思譯）（421）

Francis Xavier Paz〈馬富茲的《開羅三部曲》〉（沙禽節譯）（421）

〈評論文字之匱乏〉刊登在《蕉風》第 418 期（1988 年 9 月號）。不過，從上述兩年《蕉風》的綜觀簡述內容看來，所刊跟文學相關的評論文字包含短論、書評、論文三種，就量而言也不算少了。因此，我們很難歸納出《蕉風》欠缺「評論文字」的結論。另一方面，《蕉風》革新號以來的分類專頁規畫，已確保每期一定會刊出一定篇幅的 「論述文字」。林若隱的「匱乏論」並未說明何以匱乏。讀者也難免會問，編者所指出的，是《蕉風》評論文字匱乏，還是馬華文壇評論文字匱乏？於是，我們不妨看看第二個問題：「《蕉風》編者或讀者當時在這個『事件』中如何回應『匱乏』或『評論文字之匱

乏』？」

　　第415期《蕉風》刊出陳政欣短篇小說〈火刑〉，小說家也夫子自道，寫下自己的創作感想，編者則呼籲讀者提出批評：「大家讀了這篇小說後，如對其題材、表現手法等有任何看法，請不妨把它寫成短評寄來本刊。……稿酬從優」。[10]這不是編輯室第一次徵求「評論文字」。不到半年之前，編者即在第410期的「編輯筆記」中徵稿：「《蕉風》擬在明年推出一個「極短評」專欄，大家可針對《蕉風》每月刊出的創作作品，寫下自己閱讀後的感想……」。[11]但是，我們在《蕉風》第410與第416期之後，並沒有看到回應編者徵稿呼聲的「讀者反應」出現，「極短評」專欄也並未推出，編者的喊話（包括「稿酬從優」）顯然沒有獲得讀者作者熱情響應。因此，刊登在同一年九月號《蕉風》的〈評論文字之匱乏〉，可以說是編者對讀者的冷漠回應的反應，同時也呼應了陳慧樺「理論的貧乏」說與林若隱的「匱乏論」，並將這匱乏現象總結為馬華文學的歷史結構性問題。

　　我們不妨進一步檢視《蕉風》這兩年所刊前述十六篇論述文章的外延脈絡。傅承得、方昂的評論，林武聰的講稿，施穎洲的評介，凌宇論沈從文為配合幾個專輯而刊，兩篇英文論文譯稿也是配合馬富茲專題而譯，姚拓等撰的緒論為編選《大同世界小說選》的「工作報告」，曹淑娟的〈鏡裡鏡外：談商晚筠的《蝴蝶結》〉一文為轉

---

[10] 編者，〈現代的婦女傳統〉，《蕉風》415（1988.7）：1。引者著重。

[11] 編者，〈驀然回首〉，《蕉風》410（1987.12）：1。

載稿，同樣屬轉載稿的還有蔡源煌兩篇談敘事的論文與馬森評介小
說潮流的論文。〈瘂弦談詩〉為瘂弦談話整理稿，宋永毅、陳慧樺
的論文原在「第二屆華文文學大同世界國際會議」發表（陳文也刊
台灣的《中外文學》），顯然非專為投稿《蕉風》而撰寫。十六篇論
文中，凌宇、馬森、蔡源煌、施穎洲、瘂弦等人所論述的對象皆非馬
華文學，探討馬華作家作品的僅有方昂、傅承得、曹淑娟、陳慧樺、
宋永毅、姚拓等人的六篇，其中曹淑娟與宋永毅的論文尚且為「外
援稿件」。這樣看來，說馬華文學「評論文字的匱乏」，也的確反映
了馬華文學場域彼時的現實境況。

　　如果評論文字匱乏是結構性的實際問題，那意味著什麼？王祖
安所說的「科班出身的學者、學生不多」、「一般讀、作者對評論的
看法有所偏差」、「文學讀者群有所侷限」這評論文字匱乏的「三點
原因」，在一九八七、八八年之前或之後，可能都有人用來解釋，也
都是一般在談馬華文學論述時都會提到的「歷史條件」。不過，〈評
論文字之匱乏〉強調「科班」的重要，星馬幾所大學的中文系從五、
六十年代設立以來，[12] 到了一九八七、八八年，也有二、三十年的
歷史了，說「科班出身的學者、學生不多」，可能說不太過去。「科
班出身的學者、學生」的論述對象多半不是馬華文學，恐怕才是實
情。這，其實是「馬華文學」的「學院建制化」與「典律化」的
問題。

---

[12] 新加坡大學中文系設立於一九五三年，南洋大學的中文系成立於一九五五
年，馬來亞大學中文系一九六三年開辦。

　　原因二和三則可以歸納為缺乏「詮釋社群」的現象。「一般讀、作者對評論的看法有所偏差」的觀察似乎意味著在馬華文學場域裡，文本與意義的生產，讀者、作者、論者三分天下，三方難有交會。馬華文學場域當時是否有「詮釋社群」的空間，足以讓文本的意義產生、交集、扞格、流動、凝聚，恐怕才是問題。我們不妨這麼說，在王祖安執編《蕉風》的年代，「評論文字的匱乏」誠然是個結構性的實際問題，但這也意味著馬華文學的建制化與詮釋社群的建構不成氣候，因此「評論文字的匱乏」往往被視為孤立的現象，論者多未能作整體性考量。

　　〈評論文字之匱乏〉文末編者再次喊話，請「任何讀、作者對上述問題有個人看法及意見的」提出來討論。相對於之前的編者呼籲所得到的冷漠回應，〈評論文字之匱乏〉倒是斷斷續續有些迴響。兩個月後，《蕉風》第 420 期（1988 年 11 月號）刊出張光達的〈關於評論的缺乏〉短箋。張光達的回應指出報紙副刊的評論文字不是新書序言就是研討會講稿。他還觀察到「書的序言胡亂捧吹在本地隱隱然已蔚為風氣……。馬華文壇缺乏文學評論殆無疑問，甚至某些有能力有學識的中文講師或教授的不聞不問，無疑也是致使馬華文學批評界消沉的一大原因」。[13] 張光達自承一九八六年左右便察覺馬華文壇缺乏文學批評的現象，於是以書寫評論文字為己任。十多年後，他在接受陳強華訪問時回憶道：

　　　　馬華文學評論現象是很悲哀的。……當年所看到的《是詩非

---

[13] 張光達，〈關於評論的缺乏〉，《蕉風》420（1988.11）：13。

詩》裡那些似是而非的文章，以及報章上的評論，大部分都
可歸入社會評論、文化評論，而不是文學評論。這些嚴格上
說來都不是文學批評，而是一些人以非學術的觀點來看文
學，而且也不是深入的剖析，只是以「道德」的眼光來看
文化問題。[14]

〈評論文字之匱乏〉的回應者還有潘亞暾（〈關於「評論匱乏」
之我見〉[423]）與謝川成（〈也談評論文字之匱乏〉[425]），不過
那已是一九八九年的事了，彼時王祖安已離開《蕉風》（謝川成的
回應以「致祖安書」的書翰形式書寫），刊物執編也已換成許友彬
了。值得注意的是，三位回應者都是致力於評論文字之撰述者。張
光達因「評論匱乏」而下海，潘亞暾為八〇年代中國研究「海外華
文文學」的其中一位先行者，謝川成在一九七〇年代末開始涉足文
學批評，故讀了編者的話後「感觸良多」。但是，當時較活躍的其他
評論作者或其他讀者作者顯然對這議題或興趣不大或無話可說，沒
有參與討論，形成的是一個相對於彼時並不存在的詮釋社群的「『沉
默的多數』社群」。如是者多年。難怪張光達過了新千禧年還要說
「馬華文學評論現象是很悲哀的」。[15]也難怪到了二〇一六年，在

---

[14] 陳強華（訪問），〈馬華文學評論之必要：專訪年輕評論者張光達〉，《南
洋商報‧南洋文藝》3 June 2003：5。談話裡頭提到的《是詩？非詩論爭輯》為
陳雪風所編雜文集，一九七六年十月出版，內容為當年陳雪風、金苗及雙方朋
黨為了金苗的「詩集」《嫩葉集》互相筆伐的文字；筆戰長達三、四個月，耗
損版位與時間無數。

[15] 一九九九年底，陳強華因撰寫碩士論文需要而採訪張光達，但訪問稿過了

這個「網民當家」的年代，黃錦樹還要「重返」《蕉風》的「馬華評論文字匱乏論」。

匱乏是一種「轉化」。到了一九九六年，《蕉風》編者（那時已是雙月刊，編者為小黑與林月絲）在第 473 期的「編輯人語」再次提出〈文學評論缺乏〉的說法，彷彿是七年前的「空谷迴音」，過了許多年，又再次響起。其實，馬華文學批評匱乏論（「馬華文學批評的匱乏」或「評論文字之匱乏」）是半個假議題。但不管這半個或整個議題是「真現象假議題」、「真現象真議題」、「假現象假議題」還是「假現象真議題」，它衍生的問題可能比議題本身多很多。

「馬華文學批評的匱乏」或「評論文字之匱乏」指的是缺乏「馬華文學批評」或「馬華文學評論文字」這客體——即馬華文學（場域／文庫）缺乏文學批評或評論文字。「匱乏」，首先是個量的問題，即多寡的問題，而不是存有或虛無的問題，因為沒有人會說「馬華文學沒有文學批評」或「馬華文學沒有評論文字」，完完全全（如果有人這麼說的話也只是表示其標準頗高，但那是質的問題）。因此，說「馬華文學批評匱乏」的人，要說的可能是，從馬華文學場域冒現以來，所生產的文學批評或評論篇章或著作，數量不如馬華小說、詩、散文、戲劇，或遠比其他華語語系場域（如中港澳台菲印尼等地）的文學批評或評論來得少。這時，說「馬華文學批評匱乏」的人，在技術層面上，就有義務給我們看看數字會說什麼話。

不過，「匱乏」——拉岡式（Lacanian）的匱乏（manqué）——

四年才在報章刊出。感謝張光達提供此文電子檔並告知訪談背景脈絡。

的說法反映的是說話者或所指群體的存有之欲望／需要；欲望主體
的匱乏緣自自身存有之匱乏，而不是缺乏物質的批評或評論篇章或
著作，或話語。這樣看來，「馬華文學批評之匱乏」，不見得關涉
「馬華文學批評之匱乏」。欲望／需要的不滿足，存有之匱乏——
這是一種無法填補的窘境嗎？一如所有的「馬華文學的困境」？於
是，論「馬華文學批評之匱乏」，重點其實是匱乏、欲望、需要。這
裡只提需要：馬華文學需不需要評論文字？

　　「馬華文學需不需要評論文字？」當然，也是修辭設問，誰會
——誰敢——說「馬華文學不需要評論文字」呢？所以問題可能是
「馬華文學需要怎樣的評論文字？」，然後隨著「馬華文學需要好
的評論文字」之類的答案浮現，問題很可能轉化為「什麼是好的馬
華文學批評？」、「好的文學批評標準是什麼？」那就是質的問題
了。這時，說「馬華文學批評匱乏」的人，就有義務給我們看看「好
的文學批評」（例如黃錦樹在〈「評論文字之匱乏」〉說的「有見
識、有建樹的文學批評」）的標竿長什麼樣子。不幸的是，我們看過
的標竿並沒有幾根。

　　但是，這個「不說但心裡苦」的欲望主體寶寶——馬華文學
——那隻下蛋的母雞——是個怎樣的主體－群體？這，其實是一個
比「為什麼馬華文學缺乏評論文字」或「為什麼馬華文學缺乏好的
文學批評」更難以回答的老問題。這當然也是「馬來西亞華語語系
文學」的政治性問題。而這顯然也不是當年提出「評論文字匱乏論」
的《蕉風》編者（王祖安、小黑與林月絲）所要劍指的對象。

† 本文初稿發表於「文學、傳播與影響：《蕉風》與馬華現代主義文學思潮」國際學術研討會，馬來西亞拉曼大學中華研究中心、馬來西亞留台校友會聯合總會主辦，台灣國立中山大學人文研究中心協辦，2016 年 8 月 20-21 日，雪蘭莪。論文採同頁注，徵引文獻不另列。

本卷作者簡介

　　張錦忠，一九五六年生於獨立前的馬來亞東海岸彭亨州，移居吉隆坡時曾擔任《蕉風月刊》與《學報半月刊》編輯多年，一九八一年留學臺灣師範大學，後於國立臺灣大學取得外國文學博士學位，現居臺灣高雄，為國立中山大學外文系與哲學研究所合聘副教授兼人文研究中心主任，研究領域為東南亞英文與華文文學、離散論述、攝影哲學，早年著有小說集《白鳥之幻》、詩抄《眼前的詩》，近年出版論述集包括《南洋論述：馬華文學與文化屬性》、《馬來西亞華語語系文學》、《時光如此遙遠：隨筆馬華文學》，另與黃錦樹合編有馬華文學小說選與論文集多種。